Zu diesem Buch

Die hier vorliegende Erzählung entstand 1940. Das frühe Meisterwerk schildert in einer Sprache von kristallener Härte und Klarheit die Geschichte eines jungen Franzosen, der unter der unerbittlichen Sonne Algiers bar aller Bindung ohne Liebe und Teilnahme gleichgültig dahinlebt, bis ihn ein lächerlicher Zufall zum Mörder macht. Im Scheitern seiner scheinbar absolut freien Existenz erfährt er, daß Leben Miterleben heißt. Schon in diesem Werk zeigt sich Camus' geniale Gabe, mit einer äußerst geringfügigen Fabel ein In-der-Welt-Sein so zu umgreifen, daß das Einzelschicksal ins Symbolische erhöht wird.

1957 hatte Albert Camus den Nobelpreis erhalten. Am 4. Januar 1960 kam er bei einem Autounfall ums Leben. Sein Tod bedeutete das Verstummen einer der literarisch und moralisch gewichtigsten Stimmen Europas. Camus wurde am 7. November 1913 als Sohn einer Spanierin und eines Elsässers in Mondovi/Nordafrika in kärglichen Verhältnissen geboren. Als Werkstudent besuchte er die Universität Algier. Während der deutschen Besetzung wirkte er an einer Schule in Oran und schrieb in der illegalen Widerstandspresse. Sein zeitkritisches Denken und Handeln führte ihn in die Nähe Sartres und seines Existentialismus. Es entstand «Der Mythos von Sisyphos» (rororo Nr. 12375), in dem Camus' Vorstellung vom «Menschen, der in einer absurden Welt auf sich selbst zurückgeworfen dennoch durchhalten müsse», philosophischen Ausdruck fand. Schon sein berühmter Roman «Die Pest» (rororo Nr. 15) zeigt einen deutlich konstruktiven Pessimismus, dem es um ethische Maßstäbe geht. Sein 1951 veröffentlichter großer Essay «Der Mensch in der Revolte» (rororo Nr. 1216), eine historische Analyse der Revolution, brachte ihn schließlich in schärfste Gegnerschaft zu Jean-Paul Sartre.

Von Albert Camus erschienen außerdem: «Kleine Prosa» (rororo Nr. 441), «Der Fall» (rororo Nr. 1044), «Verteidigung der Freiheit» (rororo Nr. 1096), «Tagebücher 1935–1951» (rororo Nr. 1474), «Fragen der Zeit» (rororo Nr. 4111), «Der glückliche Tod» (rororo Nr. 5152), «Reisetagebücher» (rororo Nr. 5842), «Dramen» (Rowohlt 1962), «Jonas oder Der Künstler bei der Arbeit» (Rowohlt 1983) und «Unter dem Zeichen der Freiheit. Camus-Lesebuch» (Rowohlt 1985).

In der Reihe «rowohlts monographien» erschien als Band 50 eine Darstellung Albert Camus' mit Selbstzeugnissen und Bilddokumenten von Morvan Lebesque, die eine ausführliche Bibliographie enthält.

ALBERT CAMUS

DER FREMDE

ROWOHLT

Titel der französischen Originalausgabe «L'Étranger»
Übertragen ins Deutsche von
Georg Goyert und Hans Georg Brenner
Umschlagentwurf Werner Rebhuhn

782.–801. Tausend März 1991

Veröffentlicht im Rowohlt Taschenbuch Verlag GmbH,
Reinbek bei Hamburg, Juli 1961
Copyright © 1957 by Karl Rauch Verlag GmbH, Düsseldorf
«L'Étranger» © Librairie Gallimard, Paris, 1953
Gesetzt aus der Linotype-Cornelia
Gesamtherstellung Clausen & Bosse, Leck
Printed in Germany
680-ISBN 3 499 10432 6

ERSTER TEIL

I

Heute ist Mama gestorben. Vielleicht auch gestern, ich weiß es nicht. Aus dem Altersheim bekam ich ein Telegramm: «Mutter verschieden. Beisetzung morgen. Vorzügliche Hochachtung.» Das besagt nichts. Vielleicht war es gestern.

Das Altersheim liegt in Marengo, achtzig Kilometer von Algier entfernt. Ich nehme den Zwei-Uhr-Omnibus und komme am Nachmittag an. So kann ich alles erledigen, und morgen abend bin ich wieder zurück. Ich habe meinen Chef um zwei Tage Urlaub gebeten; bei einem solchen Anlaß konnte er ihn mir nicht abschlagen. Aber einverstanden war er nicht, das sah man. Ich sagte sogar: «Ich kann nichts dafür.» Er gab keine Antwort. Da fiel mir ein, daß ich das nicht hätte sagen sollen. Ich brauchte mich ja nicht zu entschuldigen. Vielmehr hätte er mir kondolieren müssen. Aber das tut er sicher erst übermorgen, wenn er mich in Trauer sieht. Einstweilen ist es fast noch so, als wäre Mama nicht tot. Nach der Beerdigung aber wird alles seine Richtigkeit haben und einen offizielleren Anstrich bekommen.

Ich nahm den Zwei-Uhr-Omnibus. Es war sehr warm. Ich aß wie gewöhnlich im Restaurant, bei Céleste. Ich tat allen sehr leid, und Céleste sagte: «Man hat nur eine Mutter.» Als ich aufbrach, begleiteten mich alle bis an die Tür. Ich war ein bißchen verlegen, denn ich mußte noch zu Emmanuel, um mir seinen schwarzen Schlips und seinen Armflor zu leihen. Er hatte vor ein paar Monaten seinen Onkel verloren.

Ich lief, um den Autobus nicht zu verpassen. Diese Hast und das Laufen, dazu das Stoßen des Wagens, der Benzingeruch und das Blenden von Straße und Himmel hatten sicher schuld daran, daß ich einnickte. Ich schlief fast die ganze Fahrt über. Als ich wieder wach wurde, lehnte ich an einem Soldaten, der mich anlächelte und fragte, ob ich von weither käme. Ich sagte «ja», um nicht viel reden zu müssen.

Das Altersheim liegt zwei Kilometer außerhalb des Dorfs. Ich ging zu Fuß dorthin. Ich wollte Mama sofort sehen. Aber der Pförtner sagte, ich müsse erst zum Direktor. Da der zu tun hatte, wartete ich eine Weile. Der Pförtner redete in einem fort, und dann bekam ich den Direktor zu sehen: Er empfing mich in seinem Büro – ein kleiner alter Mann mit dem Bändchen der Ehrenlegion. Er sah mich mit seinen hellen Augen an. Dann drückte er mir die Hand und hielt sie so lange fest, daß ich gar nicht wußte, wie ich sie wieder frei bekommen sollte. Er blätterte in einer Akte und sagte: «Frau Meursault kam vor drei Jahren hierher. Sie waren ihre einzige Stütze.» Ich glaubte, er wollte mir irgendwie Vorwürfe machen, und setzte zu einer Erklärung an. Aber er unterbrach mich: «Sie brauchen sich nicht zu rechtfertigen, liebes Kind. Ich habe die Akte Ihrer Mutter gelesen. Sie konnten nicht für sie sorgen. Sie brauchte eine Pflegerin. Ihr Gehalt ist bescheiden. Und alles in allem war sie hier schon glücklicher.» Ich sagte: «Ja, Herr Direktor.» Er fügte hinzu: «Sie wissen, sie hatte Freunde, Leute in ihrem Alter. Sie hatten aus einer anderen Zeit her gemeinsame Interessen. Sie sind jung, da mußte sie sich ja bei Ihnen langweilen.»

Das stimmte. Als Mama noch zu Haus war, verbrachte sie ihre Zeit damit, mich schweigend zu beobachten. In den ersten Tagen im Heim weinte sie oft. Sie hatte sich noch nicht eingewöhnt. Ein paar Monate später hätte sie geweint, wenn man sie aus dem Heim wieder weggeholt hätte. Immer eine Sache der Gewohnheit. Eigentlich deswegen habe ich sie im letzten Jahr kaum noch besucht. Außerdem kostete mich das einen Sonntag – ganz abgesehen von der Rennerei zum Autobus, vom Lösen der Fahrkarte und der zweistündigen Fahrt.

Der Direktor redete immer noch. Aber ich hörte ihm kaum noch zu. Dann sagte er: «Vermutlich wollen Sie Ihre Mutter sehen.» Ich stand wortlos auf, und er ging vor mir her, zur Tür. Auf der Treppe erklärte er: «Wir haben sie in unsere kleine Leichenhalle gebracht. Damit die anderen sich nicht aufregen. Immer, wenn ein Heiminsasse stirbt, sind die anderen zwei bis drei Tage lang nervös. Und das erschwert die Arbeit.» Wir gingen über einen Hof, auf dem viele alte Leute in kleinen Gruppen miteinander plauderten. Aber als wir an ihnen vorbeikamen, schwiegen sie. Hinter uns gingen die Unterhaltungen wieder weiter. Wie gedämpftes Papageien-Geplapper. An der Tür eines kleinen Gebäudes verließ mich der Direktor: «Ich muß jetzt gehen, Herr Meursault. Ich stehe in meinem Büro zu Ihrer Verfügung. Die Beerdigungen finden grundsätzlich zehn Uhr vormittags statt. So können Sie die Nacht über bei der Verblichenen wachen. Noch eins: Ihre Mutter hat, wie es scheint, ihren Gefährtinnen gegenüber oft den Wunsch geäußert, kirchlich beerdigt zu werden. Ich habe das Notwendige veranlaßt. Ich wollte Sie nur davon in Kenntnis setzen.» Ich bedankte mich bei ihm. Wenn Mama auch nicht gottlos war, so hatte sie sich zu ihren Lebzeiten doch nie viel um Religion gekümmert.

Ich ging hinein. Es war ein sehr heller, kalkweiß getünchter Raum mit einem Glasdach. Darin standen Stühle und x-förmige Böcke. Zwei dieser Böcke standen in der Mitte und trugen einen Sarg, dessen Schraubdeckel geschlossen war. Nur sah man, daß die blanken Schrauben an den nußbraunen Brettern kaum eingedreht waren. Bei dem Sarg saß eine arabische Krankenschwester in weißem Kittel und mit grellfarbenem Kopftuch.

In diesem Augenblick kam hinter mir der Pförtner herein. Er schien sich sehr beeilt zu haben. Er rang ein bißchen nach Luft: «Der Sarg wurde geschlossen, aber ich brauche ihn nur aufzuschrauben, damit Sie sie sehen können.» Er näherte sich dem Sarg, aber ich hielt ihn zurück. Er sagte: «Sie wollen nicht?» Ich antwortete: «Nein.» Er unterbrach sich, und ich war verlegen, weil ich fühlte, daß ich das nicht hätte sagen sollen. Nach einer Weile sah er mich an und fragte: «Warum?» Aber ohne Vorwurf, als wollte er sich nur erkundigen. Ich sagte: «Ich weiß nicht.» Da drehte er an seinem weißen Schnurrbart und meinte, ohne mich anzusehen: «Kann ich verstehen.» Er hatte schöne hellblaue Augen, und sein Gesicht war leicht gerötet. Er schob mir einen Stuhl hin und setzte sich selbst ein wenig weiter hinter mir. Die Krankenschwester stand auf und ging zur Tür. Gleichzeitig sagte der Pförtner zu mir: «Sie hat Krebs.»

Da ich ihn nicht verstand, sah ich mir die Schwester genauer an und bemerkte, daß sie unterhalb der Augen eine Binde um den Kopf trug. Wo die Nase sein sollte, war die Binde ganz flach. Nur das Weiß der Binde war in ihrem Gesicht zu sehen.

Als sie gegangen war, sagte der Pförtner: «Ich lasse Sie nun allein.» Ich weiß nicht, was für eine Bewegung ich machte, jedenfalls blieb er hinter mir stehen. Dieser Zeuge in meinem Rücken war mir peinlich. Der Raum war voll von schönem Spätnachmittagslicht. Zwei Hummeln schlugen summend gegen das Glasdach. Ich fühlte, wie ich schläfrig wurde. Ohne mich zu dem Pförtner umzuwenden, sagte ich: «Sind Sie schon lange hier?» Er anwortete sofort: «Fünf Jahre», als hätte er schon die ganze Zeit auf meine Frage gewartet.

Dann redete er viel. Er hätte es sich nicht träumen lassen, daß er einmal als Pförtner des Altersheims in Marengo enden würde. Er war vierundsechzig Jahre alt und stammte aus Paris. Hier unterbrach ich ihn: «Ach, Sie sind nicht von hier?» Dann fiel mir ein, daß er mir, bevor er mich zum Direktor brachte, etwas über Mama gesagt hatte. Daß man sie sehr schnell beerdigen müsse, weil es in der Ebene, besonders in dieser Gegend, so heiß sei. Bei der Gelegenheit hatte er mir auch zu verstehen gegeben, daß er in Paris gelebt habe und Paris nur schwer vergessen könne. In Paris bleibe man drei, manchmal sogar vier Tage mit dem Toten zusammen. Hier habe man keine Zeit, man habe sich kaum an den Gedanken gewöhnt, und schon müsse man hinter dem Sarg herlaufen. Seine Frau hatte ihn unterbrochen: «Sei doch still. So was brauchst du dem Herrn doch nicht zu erzählen.» Der Alte war rot geworden und hatte sich entschuldigt. Ich hatte dann vermittelnd gesagt: «Lassen Sie ihn doch!» Was er sagte, fand ich richtig und interessant.

In der kleinen Leichenhalle erzählte er mir, daß er als Bedürftiger in das Heim gekommen sei. Da er sich aber noch kräftig fühle, habe er sich um die Pförtner-Stelle beworben. Ich bemerkte dazu, daß er demnach Heiminsasse sei. Er verneinte. Mir war schon aufgefallen, daß er «sie» und «die anderen» sagte, manchmal auch «die Alten», womit er die Insassen meinte, von denen manche nicht älter waren als er. Aber das war natürlich nicht dasselbe. Er war Pförtner und stand in gewisser Weise über ihnen.

In diesem Augenblick kam die Schwester herein. Plötzlich war es Abend geworden. Sehr schnell war über dem Glasdach die Nacht hereingebrochen. Der Pförtner drehte am Schalter, und das plötzlich aufspritzende Licht blendete mich. Er forderte mich auf, zum Essen in den Speisesaal zu gehen. Aber ich hatte keinen Hunger. Da erbot er sich, mir eine Tasse Milchkaffee zu bringen. Weil ich Milchkaffee sehr gern trinke, war ich einverstanden, und nach einer Weile kam er mit einem Tablett zurück. Ich trank. Dann hatte ich Lust zu rauchen. Aber ich zögerte, weil ich nicht wußte, ob ich das in Mamas Gegenwart durfte. Aber eigentlich war das wohl gleichgültig. Ich bot dem Pförtner eine Zigarette an, und wir rauchten.

Irgendwann sagte er zu mir: «Übrigens werden die Freunde Ihrer Frau Mutter auch bei ihr wachen. Das ist so üblich. Ich muß jetzt für Stühle und schwarzen Kaffee sorgen.» Ich fragte ihn, ob man nicht eine der Lampen ausschalten könne. Das grelle Licht an den weißen Wänden machte mich ganz müde. Er sagte, das gehe nicht. Die

Anlage sei nun einmal so: entweder alle oder keine. Ich habe mich nicht mehr viel um ihn gekümmert. Er ging hinaus, kam wieder und stellte die Stühle zurecht. Auf einem Stuhl ordnete er Tassen um eine Kaffeekanne. Dann setzte er sich mir gegenüber, auf die andere Seite von Mama. Die Schwester saß mit dem Rücken zu uns im Hintergrund. Ich sah nicht, was sie tat. Nach der Bewegung ihrer Arme zu urteilen, strickte sie. Es war gemütlich. Der Kaffee hatte mich belebt, und durch die offene Tür strömte ein Duft von Nacht und Blumen. Ein bißchen war ich wohl eingenickt.

Ein Rascheln weckte mich. Weil ich die Augen geschlossen hatte, kam mir das Weiß des Raumes jetzt noch viel greller vor. Nicht einen Schatten sah ich, und jeder Gegenstand, jede Ecke, alle Linien zeichneten sich mit einer Schärfe ab, die das Auge verletzte. Ausgerechnet jetzt kamen Mamas Freunde herein. Alles in allem waren es etwa zehn, die schweigend in dieses blendende Licht hereingeschlurft kamen. Sie setzten sich, ohne auch nur einen Stuhl zu rücken. Ich sah sie, wie ich noch nie jemanden gesehen habe; keine Einzelheit ihrer Gesichter oder ihrer Kleidung entging mir. Nur waren sie nicht zu hören; ich konnte sie nur schwer für wirklich halten. Fast alle Frauen trugen eine Schürze, und das Schürzenband, das ihre Taille einschnürte, ließ ihren aufgetriebenen Leib noch stärker hervortreten. Bisher war es mir nie so aufgefallen, wie dickbäuchig alte Frauen sein können. Die Männer waren fast alle hager und hielten Spazierstöcke in den Händen. An ihren Gesichtern fiel mir besonders auf, daß ich ihre Augen nicht sah, sondern nur einen stumpfen Schimmer in einem

Nest von Runzeln. Als sie sich setzten, sahen die meisten mich an und nickten verlegen; bei ihrem zahnlosen Mund und den eingefallenen Lippen wußte ich nicht, ob sie mich grüßten, oder ob es sich um einen Tick handelte. Ich glaube aber, daß sie mich grüßten. In diesem Augenblick bemerkte ich, daß sie alle, kopfwackelnd um den Pförtner gruppiert, mir gegenübersaßen. Vorübergehend hatte ich den lächerlichen Eindruck, sie säßen da über mich zu Gericht.

Kurz darauf fing eine Frau an zu weinen. Sie saß in der zweiten Reihe, hinter einer ihrer Gefährtinnen; ich konnte sie nur schlecht sehen. Sie weinte und stieß dabei in regelmäßigen Abständen kurze Klageschreie aus, als wollte sie nie wieder aufhören. Die anderen taten so, als hörten sie sie nicht. Sie saßen zusammengesunken und düster schweigend da. Sie blickten auf den Sarg oder auf sonst etwas, aber nur darauf. Die Frau weinte immer noch. Ich war darüber sehr erstaunt, denn ich kannte sie nicht. Wenn sie doch endlich aufgehört hätte. Aber ich wagte nicht, es ihr zu sagen. Der Pförtner beugte sich zu ihr hinüber und sprach mit ihr, aber sie schüttelte den Kopf, stammelte etwas und weinte mit der gleichen Regelmäßigkeit weiter. Dann kam der Pförtner zu mir herüber. Er setzte sich neben mich. Nach ziemlich langer Zeit sagte er, ohne mich dabei anzusehen: «Sie war mit Ihrer Mutter sehr befreundet. Sie sagt, sie sei hier ihre einzige Freundin gewesen, nun habe sie keinen Menschen mehr.»

Wir saßen lange so nebeneinander. Schluchzen und Seufzen der Frau ließen nach. Sie schnaubte arg. Endlich war sie still. Ich war nicht mehr schläfrig, aber ich war ermattet und hatte Kreuzschmerzen. Jetzt bedrückte mich das

Schweigen all dieser Menschen. Nur dann und wann vernahm ich ein seltsames Geräusch, aber ich wußte nicht, woher es kam. Schließlich verfiel ich darauf, daß einige alte Leute die Wangen einsaugten und so dieses seltsame Knallen hervorriefen. Sie merkten das gar nicht, so sehr waren sie mit ihren Gedanken beschäftigt. Ich hatte sogar den Eindruck, daß die Tote, die da in ihrer Mitte lag, ihnen nicht das Geringste bedeutete. Aber jetzt glaube ich, daß dieser Eindruck falsch war.

Wir tranken alle von dem Kaffee, den der Pförtner reichte. Was dann kam, weiß ich nicht mehr. Die Nacht verging. Ich erinnere mich, daß ich einmal die Augen öffnete und sah, daß die alten Leute in sich zusammengesunken schliefen, bis auf einen, der, das Kinn auf die Handrücken am Spazierstock gestützt, mich starr ansah, als warte er nur auf mein Erwachen. Dann schlief ich wieder ein. Ich wurde wach, weil meine Rückenschmerzen immer ärger wurden. Über dem Glasdach dämmerte es. Kurz darauf wurde einer der Greise wach und hustete fürchterlich. Er spuckte in ein großes kariertes Taschentuch, und jedesmal klang es so, als risse er sich den Auswurf aus der Lunge. Er weckte die anderen, und der Pförtner sagte, sie müßten jetzt gehen. Sie standen auf. Die unbequeme Nachtwache hatte ihre Gesichter grau gefärbt. Als sie die Halle verließen, reichte mir zu meinem Erstaunen jeder die Hand, als hätte diese Nacht, in der wir kein Wort miteinander gewechselt hatten, unsere Bekanntschaft gefestigt.

Ich war müde. Der Pförtner nahm mich mit in seine Wohnung, wo ich mich ein wenig frisch machen konnte. Ich habe noch einmal Milchkaffee getrunken, der sehr gut war. Als ich hinausging, war es hellichter Tag. Über den Hügeln, die Marengo vom Meer trennen, war der Himmel über und über rot. Und der Wind, der über sie hinstrich, brachte Salzgeruch mit. Es versprach, ein schöner Tag zu werden. Schon lange war ich nicht mehr auf dem Lande gewesen, und ich fühlte, wie gerne ich spazierengegangen wäre. wenn es hier nicht die Geschichte mit Mama gegeben hätte.

Statt dessen wartete ich im Hof unter einer Platane. Ich atmete den Duft der frischen Erde und war nicht mehr müde. Ich dachte an meine Kollegen im Büro. Jetzt standen sie auf, um an die Arbeit zu gehen: für mich war das immer die schwerste Stunde. Ich dachte noch ein wenig an diese Dinge, wurde dann aber von einer Glocke abgelenkt, die im Innern der Gebäude ertönte. Hinter den Fenstern wurde es lebendig, und dann war alles wieder still. Die Sonne stand etwas höher am Himmel: sie begann meine Füße zu wärmen. Der Pförtner kam durch den Hof und sagte mir, der Direktor wünsche mich zu sprechen. Ich ging in sein Büro. Er gab mir allerlei Schriftstücke zum Unterschreiben. Ich sah, daß er einen schwarzen Rock und eine gestreifte Hose anhatte. Er nahm den Telefonhörer auf und sagte zu mir: «Die Leute vom Beerdigungsinstitut sind eben gekommen. Ich will sie beauftragen, den Sarg zu schließen. Wollen Sie Ihre Mutter vorher noch ein letztes Mal sehen?» Ich verneinte. Mit gedämpfter Stimme sagte er ins Telefon: «Figeac, sagen Sie den Leuten, sie können alles fertigmachen.»

Dann sagte er zu mir, er werde an dem Begräbnis teilnehmen, und ich dankte ihm. Er setzte sich an seinen Schreibtisch und schlug die kurzen Beine übereinander. Er erklärte, er und die Schwester vom Dienst würden mit mir als einzige dem Sarg folgen. Die Heiminsassen nähmen grundsätzlich an keiner Beerdigung teil. Er gestattete ihnen nur die Totenwache. «Das ist eine Frage der Menschlichkeit», bemerkte er. In diesem Fall aber habe er einem alten Freund von Mama erlaubt, an dem Begräbnis teilzunehmen: «Thomas Pérez.» Hier lächelte der Direktor. Er sagte: «Sie verstehen, es ist ein etwas kindliches Gefühl. Aber er und Ihre Mutter waren fast immer zusammen.» Im Heim neckte man sie, und zu Pérez sagte man: «Sie ist Ihre Braut.» Er lächelte. «Das machte ihnen Spaß. Jedenfalls ist ihm der Tod von Frau Meursault sehr nahegegangen. Ich glaubte, ihm diese Erlaubnis nicht verweigern zu dürfen. Aber auf Anraten unseres Arztes hatte ich ihm die Totenwache gestern verboten.»

Wir saßen uns ziemlich lange schweigend gegenüber. Dann stand der Direktor auf und blickte durch das Bürofenster. Er sagte: «Da ist schon der Pfarrer von Marengo. Er hat sich verfrüht.» Er sagte mir, der Weg zur Kirche, die im Dorf selbst liege, betrage dreiviertel Stunden. Wir gingen hinunter. Vor dem Gebäude stand der Pfarrer mit zwei Chorknaben. Der eine hielt einen Weihrauchkessel, und der Pfarrer beugte sich zu ihm, um die Länge der silbernen Ketten zu regeln. Als wir kamen, richtete der Pfarrer sich wieder auf. Er nannte mich «mein Sohn» und sagte ein paar Worte. Dann ging er ins Haus, und ich folgte ihm.

Ich sah sofort, daß die Sargschrauben fest angezogen waren und daß vier schwarz gekleidete Männer im Raum waren. Gleichzeitig hörte ich den Direktor zu mir sagen, der Wagen warte auf der Straße, und der Priester begann mit seinen Gebeten. Von diesem Augenblick an ging alles sehr schnell. Die Männer näherten sich dem Sarg mit einem Tuch. Der Pfarrer mit seinen Gehilfen, der Direktor und ich verließen den Raum. Vor der Tür stand eine Dame, die ich nicht kannte: «Herr Meursault», sagte der Direktor. Den Namen der Dame verstand ich nicht, ich begriff nur, daß sie die Schwester war, die an der Beerdigung teilnahm. Ohne ein Lächeln neigte sie ihr langes, knochiges Gesicht. Dann traten wir zur Seite, um die Leiche vorbeizulassen. Wir folgten den Trägern und verließen das Heim. Vor dem Tor stand der Wagen. Lackiert, rechteckig und glänzend, erinnerte er an einen Federkasten. Neben ihm standen der Ordner, ein kleiner Mann in lächerlichem Habit, und ein Greis mit linkischem Benehmen. Ich wußte gleich, das war Herr Pérez. Er trug einen weichen Filzhut mit rundem Kopf und breitem Rand (er nahm ihn ab, als der Sarg das Tor passierte), einen Anzug, dessen Hose in Korkzieherfalten auf die Schuhe fiel, und einen schwarzen Schlips, dessen Knoten für sein Hemd mit dem großen weißen Kragen zu klein war. Seine Lippen zitterten unter einer schwarz gesprenkelten Nase. Sein weißes, ziemlich schütteres Haar ließ seltsam hängende, gesäumte Ohren sehen, deren blutrote Farbe mir in diesem bleichen Gesicht ganz besonders auffiel. Der Ordner wies uns unsere Plätze an. Der Priester ging voran. Dann kam der Wagen. Links und rechts von ihm die vier Männer. Hinter ihm der Direktor, ich und als letzte im Zug die Schwester und Herr Pérez.

Der Himmel war schon ganz besonnt. Er begann auf der Erde zu lasten, und die Hitze nahm rasch zu. Ich weiß nicht, weshalb wir so lange warteten, bis wir uns in Bewegung setzten. Ich schwitzte in meinem dunklen Zeug. Der kleine Alte, der seinen Hut wieder aufgesetzt hatte, nahm ihn wieder ab. Ich hatte mich ihm ein wenig zugewandt und betrachtete ihn, während der Direktor mir von ihm erzählte. Er sagte mir, meine Mutter und Herr Pérez seien abends in Begleitung einer Schwester oft bis zum Dorf gegangen. Ich betrachtete die Landschaft rings um mich. Durch die Zypressen-Reihen, die zu den Hügeln am Horizont führten, durch diese rötliche und grüne Erde und die wenigen Häuser, die sich so deutlich abhoben, begriff ich Mama. Der Abend in dieser Gegend mußte wie eine melancholische Rast sein. Heute brachte die pralle Sonne die Landschaft zum Flimmern, so daß sie unmenschlich und niederdrückend wirkte.

Wir machten uns auf den Weg. In diesem Augenblick bemerkte ich, daß Pérez leicht hinkte. Allmählich fuhr der Wagen schneller, und der Alte blieb zurück. Auch einer der Männer, die neben dem Wagen gingen, hatte sich abhängen lassen und ging jetzt auf einer Höhe mit mir. Ich staunte über die Schnelligkeit, mit der die Sonne am Himmel stieg. Ich bemerkte, daß das Land schon lange vom Gesang der Insekten und vom Knistern des Grases voll war. Der Schweiß lief mir über das Gesicht. Da ich keinen Hut hatte, fächelte ich mir mit dem Taschentuch Luft zu. Der Mann vom Beerdigungsinstitut sagte mir dann etwas, das ich nicht verstand. Dabei wischte er sich mit dem Taschentuch, das er in seiner linken Hand hielt, den Schweiß vom Schädel, während die rechte den Mützenrand lüftete. Ich fragte: «Wie?» Er wiederholte, auf den Himmel deutend:

«Das knallt!» Ich sagte: «Ja!» Kurz darauf fragte er: «Ist das Ihre Mutter?» Ich sagte wieder: «Ja.» – «War sie alt?» Ich antwortete «ziemlich», weil ich das genaue Alter nicht wußte. Dann schwieg er. Ich drehte mich um und sah den alten Pérez etwa fünfzig Meter hinter uns. Er beeilte sich und schwang den Filzhut in der Hand. Ich betrachtete auch den Direktor. Er schritt sehr würdevoll einher und machte keine unnütze Bewegung. Ein paar Schweißtropfen perlten ihm auf der Stirn, aber er wischte sie nicht ab.

Es schien mir, als bewegte sich der Leichenzug ein wenig schneller. Um mich herum war immer noch die gleiche leuchtende, prall mit Sonne gefüllte Landschaft. Der Glanz des Himmels war unerträglich. Einmal kamen wir über ein Stück Straße, das kürzlich ausgebessert worden war. Die Teerdecke war in der Sonne aufgeweicht. Die Füße versanken in ihr und rissen tiefe Wunden in ihr glänzendes Fleisch. Über dem Wagen wirkte der blanke Lederhut des Kutschers, als wäre er aus diesem schwarzen Brei geformt. Ich kam mir zwischen dem blauen und weißen Himmel und der Eintönigkeit dieser Farben, dem klebrigen Schwarz des Teers, dem stumpfen Schwarz der Trauerkleider und dem blanken Schwarz des Leichenwagens, ein wenig verloren vor. Alles, die Sonne, der Geruch des Wagens nach Leder und Pferdemist, nach Lack und Weihrauch und die Müdigkeit nach einer schlaflosen Nacht, trübten Blick und Gedanken. Ich wandte mich noch einmal um: Pérez schien sehr weit weg zu sein, verloren in einer Wolke von Hitze, dann sah ich ihn nicht mehr. Ich sah mich nach ihm um und gewahrte, daß er die Straße verlassen hatte und querfeldein lief. Ich stellte fest, daß die

Straße vor mir einen Bogen machte. Ich begriff, daß Pérez, der die Gegend gut kannte, den Weg abschnitt, um uns einzuholen. An der Biegung war er wieder bei uns. Dann verloren wir ihn wieder. Wieder lief er querfeldein, und immer wieder. Ich fühlte, wie mir das Blut in den Schläfen pochte.

Dann lief alles derart überstürzt, sicher und natürlich ab, daß ich mich an nichts mehr erinnere. Nur an eins: am Dorfeingang sprach mich die Schwester an. Sie hatte eine seltsame Stimme, die nicht zu ihrem Gesicht paßte, eine melodische, bebende Stimme. Sie sagte zu mir: «Wenn man langsam geht, setzt man sich der Gefahr des Sonnenstichs aus. Geht man aber zu schnell, dann schwitzt man, und in der Kirche erkältet man sich.» Sie hatte recht. Da half nichts. Dann sind mir noch ein paar Bilder dieses Tages gegenwärtig: zum Beispiel Pérez' Gesicht, als er uns zum letztenmal in der Nähe des Dorfes einholte. Dicke Tränen der Erschöpfung und des Kummers rollten ihm über die Backen. Aber infolge der Runzeln flossen sie nicht ab. Sie breiteten sich aus, vereinten sich und bildeten einen wässerigen Lack auf diesem zerstörten Gesicht. Dann die Kirche und die Dorfbewohner auf den Bürgersteigen, die roten Geranien auf den Gräbern des Friedhofs, Pérez' Ohnmacht (als wäre ein Hampelmann zusammengeklappt), die blutrote Erde, die auf Mamas Sarg polterte, das weiße Fleisch der Wurzeln in der Erde, dann wieder Leute, Stimmen, das Dorf, das Warten vor einem Café, das andauernde Brummen des Motors und meine Freude, als der Autobus in das Lichternest Algier einfuhr und ich daran dachte, daß ich gleich zu Bett gehen und zwölf Stunden schlafen würde.

II

Als ich erwachte, wurde mir klar, weshalb mein Chef so unwirsch war, als ich ihn um zwei Tage Urlaub bat: heute ist Samstag. Das hatte ich sozusagen vergessen, aber beim Aufstehen fiel es mir ein. Mein Chef hat natürlich gedacht, daß ich mit dem Sonntag vier freie Tage haben würde, und das konnte ihn unmöglich freuen. Aber einerseits ist es ja nicht meine Schuld, wenn man Mama gestern und nicht heute beerdigt hat, und andererseits hätte ich meinen Samstag und Sonntag sowieso gehabt. Trotzdem kann ich meinen Chef durchaus verstehen.

Ich fand nur schwer aus dem Bett, denn der gestrige Tag hatte mich sehr angestrengt. Während des Rasierens fragte ich mich, was ich unternehmen sollte, und ich beschloß, baden zu gehen. Ich nahm die Straßenbahn und fuhr zur Hafenbadeanstalt. Dort schwamm ich in der schmalen Fahrrinne. Viele junge Leute waren da. Im Wasser traf ich Maria Cardona, eine frühere Stenotypistin aus meinem Büro, auf die ich damals scharf gewesen war. Sie wohl auch auf mich. Aber sie kündigte bald, und später ist dann nichts mehr daraus geworden. Ich half ihr, als sie auf eine Boje klettern wollte, und streifte dabei ihre Brust. Ich war noch im Wasser, als sie schon bäuchlings auf der Boje lag. Sie wandte sich nach mir um. Das Haar hing ihr ins Gesicht, und sie lachte. Ich schwang mich neben sie auf die Boje. Es war herrlich, und zum Spaß lehnte ich den Kopf nach hinten und legte ihn auf ihren Bauch. Sie sagte nichts, und ich blieb so. Ich hatte den ganzen Himmel in den Augen, und der Himmel war golden und blau. In meinem Nacken fühlte ich das leise Pochen von Marias Leib. Halb schlafend blieben wir lange auf der Boje liegen. Als die Sonne zu kräftig wurde, schwamm Maria fort, und ich folgte ihr. Ich holte sie ein, legte ihr den Arm um die Taille, und wir schwammen zusammen weiter. Sie lachte dauernd. Als wir uns auf dem Kai abtrockneten, sagte sie zu mir: «Ich bin brauner als Sie.» Ich fragte sie, ob sie am Abend mit ins Kino käme. Sie lachte wieder und sagte, sie sähe gern mal einen Film mit Fernandel. Als wir uns angezogen hatten, war sie sehr erstaunt, daß ich eine schwarze Krawatte trug; sie fragte mich, ob ich Trauer habe. Ich sagte ihr, Mama sei tot. Als sie wissen wollte seit wann, antwortete ich: «Seit gestern.» Sie zuckte ein wenig zusammen, aber sie sagte nichts. Ich wollte ihr eigentlich sagen, daß ich nichts dafür könnte, aber dann habe ich doch nichts gesagt, weil mir einfiel, daß ich das schon meinem Chef gegenüber geäußert hatte. Es besagte ja auch gar nichts. Irgendwie kann man immer ein bißchen dafür.

Abends hatte Maria alles vergessen. Der Film war stellenweise ganz lustig, aber im ganzen reichlich blöd. Sie drückte ihr Bein gegen das meine. Ich streichelte ihre Brüste. Gegen Ende der Vorstellung küßte ich sie, aber es war nichts Ordentliches. Hinterher kam sie dann mit zu mir.

Als ich wach wurde, war Maria schon fort. Sie hatte erklärt, sie müsse zu ihrer Tante. Mir fiel ein, daß es Sonntag war, und das ärgerte mich: ich mag den Sonntag nicht. Ich legte mich auf die andere Seite und suchte im Kopfkissen den Salzduft, den Marias Haar dort hinterlassen hatte, und schlief bis zehn Uhr. Ich bin dann noch im Bett geblieben und habe bis Mittag Zigaretten geraucht. Ich wollte nicht wie sonst bei Céleste essen, denn man hätte mich sicherlich allerlei gefragt, und das mag ich nicht. Ich habe mir Eier gebraten und aß sie ohne Brot aus der Pfanne. Ich hatte keins mehr da und hatte auch keine Lust, hinunterzugehen und welches zu kaufen.

Nach dem Frühstück langweilte ich mich ein bißchen und ging in der Wohnung auf und ab. Sie war gemütlich gewesen, solange Mama noch da war. Nun ist sie für mich zu groß, und ich habe den Tisch aus dem Eßzimmer in mein Zimmer stellen müssen. Ich benutze nur noch dieses Zimmer mit den etwas eingesessenen Strohstühlen, dem Schrank mit dem blinden Spiegel, dem Toilettetisch mit dem kupfernen Bett. Alles übrige ist völlig verwahrlost. Nur um etwas zu tun, nahm ich später eine alte Zeitung und las. Eine Annonce über Kruschen-Salz schnitt ich aus und klebte sie in ein altes Heft, in das ich alles tue, was mir in den Zeitungen Spaß macht. Ich wusch mir auch die Hände und setzte mich schließlich auf den Balkon.

Mein Zimmer geht auf die Hauptstraße der Vorstadt hinaus. Es war ein schöner Nachmittag. Aber das Pflaster war glitschig, und die wenigen Passanten hatten es eilig. Vor allem waren es Familien, die spazierengingen, zwei kleine Jungen im Matrosenanzug, die Hose bis über das Knie reichend, ein bißchen unbeholfen in dem steifen Anzug, und ein kleines Mädchen mit einer großen rosafarbenen Schleife und schwarzen Lackschuhen. Hinter ihnen eine gewaltige Mutter in kastanienbraunem Seidenkleid und der Vater, ein kleiner, ziemlich schmächtiger Mann, den ich vom Sehen kannte. Er trug einen Strohhut und eine

Fliege und hatte einen Spazierstock in der Hand. Als ich ihn mit seiner Frau sah, begriff ich, warum man ihm im Viertel «distinguiert» nannte. Etwas später kamen die jungen Leute der Vorstadt, Pomaden-Haar und roter Schlips, wattierte Schultern, besticktes Ziertuch und breitkappige Schuhe. Sie gingen wohl zum Kino in der Stadt. Deshalb waren sie so früh unterwegs und eilten lachend zur Straßenbahn.

Nach ihnen leerte die Straße sich allmählich. Die Vorstellungen hatten wohl schon überall angefangen. Auf der Straße waren nun bloß noch die Ladenbesitzer und die Katzen. Über den Feigenbäumen, die die Straße säumten, stand ein klarer, aber glanzloser Himmel. Der Tabakhändler von gegenüber holte einen Stuhl vor seine Tür, setzte sich rittlings darauf und legte die Arme auf die Lehne. Die eben noch vollbesetzten Straßenbahnen waren fast leer. In dem kleinen Café «Chez Pierrot» neben dem Tabakhändler fegte der Kellner in dem leeren Gastraum das Sägemehl zusammen. Es war wirklich Sonntag.

Ich drehte meinen Stuhl um und stellte ihn so wie der Tabakhändler, weil ich das bequemer fand. Ich rauchte zwei Zigaretten, ging wieder ins Zimmer, um ein Stück Schokolade zu holen, das ich am Fenster aß. Kurz darauf bezog sich der Himmel, und ich glaubte, wir würden ein Sommergewitter bekommen. Doch hellte es sich allmählich wieder auf. Aber die vorbeiziehenden Wolken hatten auf der Straße gleichsam ein Regenversprechen zurückgelassen, das sie verdüsterte. Lange Zeit beobachtete ich den Himmel.

Um fünf Uhr lärmten wieder die Straßenbahnen. Aus

dem Stadion vor der Stadt brachten sie Trauben von Zuschauern, die an Trittbrettern und Vordergestänge hingen. Die nächsten Bahnen brachten die Spieler, die ich an ihren Köfferchen erkannte. Sie brüllten und sangen aus vollem Halse, daß ihr Klub nicht untergehen würde. Manche winkten mir. Einer rief mir sogar zu: «Verdroschen haben wir sie!» Ich nickte zustimmend. Von diesem Augenblick an strömten die Autos durch die Straße.

Der Tag bekam wieder ein etwas anderes Gesicht. Über den Dächern rötete sich der Himmel, und mit dem heraufziehenden Abend belebten sich die Straßen. Allmählich kamen die Spaziergänger zurück. Inmitten anderer erkannte ich den «distinguierten» Herrn. Die Kinder weinten oder ließen sich ziehen. Fast gleichzeitig spien die Kinos des Viertels eine wahre Flut von Zuschauern auf die Straßen. Die jungen Leute unter ihnen wirkten entschlossener als sonst, sie hatten sicher einen Abenteuerfilm gesehen. Die Leute aus den Kinos in der Stadt kamen etwas später. Sie machten einen ernsteren Eindruck. Ab und zu lachten auch sie, aber sie wirkten doch müde und verträumt. Sie blieben in der Straße und gingen auf dem gegenüberliegenden Bürgersteig auf und ab. Die jungen Mädchen des Viertels gingen ohne Hut und eingehakt. Die jungen Burschen hatten es so eingerichtet, daß sie ihren Weg kreuzten, sie riefen ihnen Scherzworte zu, über die die Mädchen mit abgewandtem Gesicht kicherten. Mehrere, die ich kannte, winkten mir zu.

Dann flammten plötzlich die Straßenlaternen auf und ließen die ersten Sterne, die in die Nacht einzogen, verblassen. Ich fühlte, wie die Beobachtung der Bürgersteige mit ihrer Last aus Menschen und Licht meine Augen ermüdete. Das feuchte Pflaster glänzte im Laternenlicht, und die Straßenbahnen warfen in regelmäßigen Abständen ihren Lichtschein auf glänzendes Haar, auf ein Lächeln oder auf ein silbernes Armband. Bald wurden die Straßenbahnen seltener, die Nacht wurde schwärzer über den Bäumen und den Laternen, und das Viertel leerte sich unmerklich, bis die erste Katze langsam über die nun wieder stille Straße strich. Ich dachte, daß ich etwas essen müßte. Weil ich mich so lange auf die Stuhllehne gestützt hatte, tat mir der Hals weh. Ich ging nach unten und kaufte Brot und Nudeln, kochte und aß im Stehen. Ich wollte am Fenster noch eine Zigarette rauchen, es war aber kühl geworden, und ich fror ein wenig. Ich schloß die Fenster, und als ich mich umwandte, sah ich im Spiegel etwas von dem Tisch, auf dem mein Spirituskocher neben Brotresten stand. Ich dachte, daß ein Sonntag vorbei und Mama nun begraben sei, daß ich wieder meine Arbeit tun würde und daß sich eigentlich nichts geändert habe.

III

Heute habe ich im Büro viel gearbeitet. Der Chef war liebenswürdig. Er fragte mich, ob ich nicht zu müde sei, und auch er wollte wissen, wie alt Mama geworden war. Um nichts Falsches zu sagen, antwortete ich: «So ungefähr sechzig», und ich weiß nicht, warum er erleichtert aussah und zu denken schien, daß das nun erledigt sei.

Auf meinem Tisch häuften sich die Frachtbriefe, die ich alle zu prüfen hatte. Bevor ich das Büro verließ, um zum Essen zu gehen, wusch ich mir die Hände. Mittags ist das für mich ein angenehmer Augenblick. Abends habe ich weniger Freude daran, weil das Rollhandtuch dann ganz feucht ist: man hat es den ganzen Tag über benutzt. Das habe ich eines Tages dem Chef gesagt. Er meinte, es sei bedauerlich, aber unwichtig. Etwas spät, um halb eins, verließ ich mit Emmanuel, der in der Expedition arbeitet, das Büro. Das Büro geht aufs Meer hinaus, und wir blieben einen Augenblick stehen und betrachteten die Frachtdampfer in dem sonnenheißen Hafen. In diesem Augenblick kam rasselnd, mit lärmendem Auspuff, ein Lastwagen heran. Emmanuel fragte mich, ob wir mitfahren wollten, und ich fing an zu laufen. Der Lastwagen fuhr an uns vorbei, und wir rannten hinter ihm her. Ich versank in Lärm und Staub. Ich sah nichts mehr und empfand nur diesen rasenden Lauf, inmitten von Winden und Maschinen, von Masten, die vor dem Horizont tanzten, und von Booten, an denen wir vorbeirannten. Ich erwischte den Wagen als erster und sprang auf. Dann half ich Emmanuel. Wir waren außer Atem, der Lastwagen ratterte über das Holper-pflaster des Kais, in einer Wolke von Staub und Sonne. Emmanuel konnte sich vor Lachen nicht halten.

Schweißgebadet kamen wir bei Céleste an. Wie immer war er da, mit dickem Bauch, Schürze und weißem Schnurr-bart. Er fragte mich, ob es mir einigermaßen ginge. Ich bejahte und sagte, daß ich Hunger hätte. Ich aß sehr schnell und trank eine Tasse Kaffee. Dann ging ich nach Hause, schlief ein bißchen, weil ich zuviel Wein getrunken hatte, und als ich wach wurde, hatte ich Lust auf eine Zigarette. Es war spät, und ich mußte laufen, um die Tram noch zu erwischen. Ich arbeitete den ganzen Nachmittag. Es war im Büro sehr heiß, und als ich abends nach Hause ging, freute ich mich, langsam über die Kais gehen zu können. Der Himmel war grün, und ich fühlte mich wohl. Trotz-dem ging ich direkt nach Hause, weil ich mir zum Abend-brot Bratkartoffeln machen wollte.

Als ich die dunkle Treppe hinaufging, stieß ich mit dem alten Salamano, meinem Flurnachbarn, zusammen. Er hatte seinen Hund bei sich. Seit acht Jahren sieht man die bei-den immer zusammen. Der Spaniel hat eine Hautkrankheit, ich glaube den Brand; er verliert dabei fast alle Haare und ist voll brauner Flecken und Schorf. Weil die beiden dau-ernd in einem kleinen Zimmer zusammenhausen, sieht der alte Salamano aus wie sein Hund. Er hat rötliche Flechten im Gesicht und schütteres gelbliches Haar. Der Hund wie-derum hat von seinem Herrn dessen gebeugte Haltung angenommen, indem er Schnauze und Hals nach vorne streckt. Sie scheinen ein und derselben Rasse anzugehören und können doch einander nicht ausstehen. Zweimal täglich, um elf und um sechs Uhr, führt der Alte seinen Hund spazieren. Seit acht Jahren machen sie immer den gleichen Weg. Man kann sie in der Rue de Lyon sehen, wo der Hund den Mann so lange zieht, bis der alte Salamano es satt hat. Dann schlägt er auf den Hund ein und beschimpft ihn. Der Hund kriecht vor Angst und läßt sich nun von dem Alten ziehen. Hat der Hund alles vergessen, dann zieht er wieder seinen Herrn und wird wieder verprügelt und beschimpft. Dann bleiben beide auf dem Bürgersteig stehen und sehen einander an, der Hund voller Angst, der Alte voller Haß. So geht das jeden Tag. Wenn der Hund Wasser lassen will, läßt der Alte ihm keine Zeit dazu und zerrt ihn weiter, so daß der Spaniel eine Fährte kleiner Tropfen hinter sich her sät. Wenn der Hund zufällig einmal ins Zimmer macht, bekommt er wieder Prügel. So geht das nun schon acht Jahre lang. Céleste meint, das sei «eine wahre Tragödie», aber im Grunde weiß das niemand.

Als ich Salamano auf der Treppe begegnete, schimpfte er gerade seinen Hund aus. Er sagte zu ihm: «Du Schwein, du Aas!» Und der Hund winselte. Ich sagte: «Guten Abend», aber der Alte schimpfte weiter. Da fragte ich ihn, was der Hund angestellt habe. Er gab mir keine Antwort. Er sagte nur: «Du Aas, du Schweinehund!» Ich ahnte es, denn er beugte sich über den Hund und machte sich am Halsband zu schaffen. Ich redete lauter. Ohne sich umzudrehen, antwortete er mir in verhaltener Wut: «Immerfort ist er da!» Dann machte er sich auf den Weg und zog das Tier hinter sich her, das auf allen vieren rutschte und winselte.

Gerade in diesem Augenblick kam mein zweiter Flurnachbar nach Hause. Im Viertel erzählt man sich, er lebe von Frauen. Fragt man ihn nach seinem Beruf, dann ist er «Magazinverwalter». Im allgemeinen ist er wenig beliebt. Aber er spricht mich oft an, und manchmal kommt er für ein paar Augenblicke in mein Zimmer, weil ich ihm zuhöre. Was er sagt, finde ich immer interessant. Übrigens habe ich gar keinen Grund, nicht mit ihm zu sprechen. Er heißt Raymond Sintès. Er ist ziemlich klein, hat breite Schultern und eine Boxernase. Er ist immer sehr korrekt angezogen. Als er mit mir über Salamano sprach, sagte er auch: «Es ist eine wahre Tragödie.» Er fragte mich, ob mich das nicht anekelte, und ich verneinte.

Wir gingen nach oben, und als ich mich von ihm trennen wollte, sagte er: «Ich habe Blutwurst und Wein. Wollen Sie nicht einen Happen bei mir essen?» Ich dachte, daß ich dann nicht zu kochen brauchte, und nahm die Einladung an. Auch er hat nur ein Zimmer und eine fensterlose Küche. Über seinem Bett hängen ein Engel aus rosa und weißem Gips, Fotos von Sportkanonen und zwei oder drei Bilder nackter Frauen. Das Zimmer war schmutzig und das Bett nicht gemacht. Zuerst zündete er die Petroleumlampe an, und dann zog er einen ziemlich fragwürdigen Verband aus der Tasche, den er um seine Hand wickelte. Ich fragte ihn, was er habe. Er erzählte mir, er hätte mit einem Kerl, der Händel mit ihm suchte, eine Schlägerei gehabt.

«Ja, Herr Meursault», sagte er, «bösartig bin ich nicht, aber sehr fix. Sagte der andere zu mir: ‹Komm runter von der Elektrischen, wenn du ein Mann bist!› Ich antwortete: ‹Halt's Maul.› Da sagte er, ich wäre also kein Mann. Da stieg ich aus und sagte: ‹Jetzt aber Schluß, oder du stehst im Hemd da.› Er antwortete: ‹Gib nicht so an!› Da verpaßte ich ihm eins. Er fiel hin. Ich wollte ihn aufheben, aber er trat wie wild um sich. Da verpaßte ich ihm eins mit dem Knie und zwei Kinnhaken. Sein Gesicht blutete. Ich fragte ihn dann, ob er nun genug habe. Und er meinte: ‹Ja.›» Während dieser ganzen Zeit war Sintès mit seinem Verband beschäftigt. Ich saß auf dem Bett. Er fuhr dann fort: «Sie sehen, ich habe nicht angefangen. Er hat mich herausgefordert.» Das stimmte, und ich sagte das auch. Dann erklärte er mir, in eben dieser Geschichte wolle er einen Rat von mir, ich sei ein ordentlicher Kerl, der das Leben kenne, ich könnte ihm helfen, und er wäre dann mein Freund. Ich gab keine Antwort, und er fragte mich, ob ich sein Freund sein wolle. Ich antwortete, das sei mir einerlei; damit schien er einverstanden. Dann holte er die Blutwurst, briet sie in der Pfanne, holte Gläser, Teller, Messer und Gabeln und zwei Flaschen Wein. Das alles ohne ein Wort. Dann setzten wir uns an den Tisch. Beim Essen begann er, mir seine Geschichte zu erzählen. Anfangs ein bißchen zögernd. «Ich habe eine Frau gekannt . . . sie war sozusagen meine Geliebte . . .» Der Mann, mit dem er die Schlägerei gehabt hatte, war der Bruder dieser Frau. Er erzählte mir, daß er sie ausgehalten habe. Ich gab keine Antwort, auch nicht, als er gleich darauf sagte, er wisse, was man im Viertel über ihn rede, aber er brauche sich keine Vorwürfe zu machen, er sei Magazinverwalter.

«Aber zurück zu meiner Geschichte», fuhr er fort. «Ich kam bald dahinter, daß ich betrogen wurde.» Er gab ihr, was sie zum Leben brauchte. Er bezahlte die Zimmermiete und gab ihr zwanzig Francs pro Tag für Essen und Trinken. «Dreihundert Francs Miete, sechshundert Francs für Essen und Trinken, ab und zu ein Paar Strümpfe – das machte tausend Francs. Und die Gnädige tat keinen Schlag. Dafür sagte sie rundheraus, sie komme mit dem, was ich ihr gebe, nicht aus. Ich sagte zu ihr: ‹Warum arbeitest du nicht wenigstens halbtags? Eine Erleichterung wäre das schon für mich. Diesen Monat kaufte ich dir ein Komplet, ich zahle dir zwanzig Francs pro Tag, ich zahle dir die Miete, und du trinkst nachmittags mit deinen Freundinnen Kaffee. Du gibts ihnen Kaffee und Zucker. Und ich gebe dir Geld. Ich habe dich anständig behandelt, und du vergiltst es mir schlecht.› Aber sie tat keinen Schlag, sie sagte nur immer, sie komme nicht aus, und so kam ich dahinter, daß ich betrogen wurde.»

Er erzählte weiter, er habe in ihrer Handtasche ein Lotterielos gefunden, und sie habe ihm nicht erklären können, wie sie es bezahlt hatte. Etwas später hatte er bei ihr einen Pfandschein gefunden, den Beweis dafür, daß sie zwei Armbänder versetzt hatte. Bis dahin hatte er von der Existenz dieser Armbänder keine Ahnung gehabt. «Ich sah also, daß ich betrogen wurde. Da ließ ich sie laufen. Aber zuerst gab ich ihr eine Tracht Prügel. Und dann habe ich ihr gründlich die Wahrheit gesagt. Ich habe ihr ins Gesicht gesagt, daß sie sich nur immer mit ihrem Dings amüsieren will. Zum Schluß versetzte ich ihr noch: ‹Du merkst gar nicht, wie eifersüchtig alle auf das Glück sind, das du mir verdankst. Später wirst du sehen, was für ein Glück du hattest.›»

Er hatte sie blutig geschlagen. Vorher hatte er sie nicht

geschlagen. «Sie bekam schon mal eine geknallt, aber sozusagen in aller Zärtlichkeit. Sie heulte ein bißchen. Ich machte die Fensterladen zu, und es endete wie immer. Aber jetzt ist es ernst. Und ich muß es ihr noch ganz anders geben.»

Dann erklärte er mir, eben deswegen brauche er einen Rat. Er machte eine Pause und drehte an der Lampe, die zu qualmen anfing. Ich hörte ihm immer noch zu. Ich hatte fast einen Liter Wein getrunken, und mir glühte der Kopf. Ich rauchte Raymonds Zigaretten, weil ich selber keine mehr hatte. Die letzten Straßenbahnen fuhren vorbei und nahmen die nun fernen Geräusche der Vorstadt mit. Raymond fuhr fort. Vor allem ärgerte es ihn, daß er «immer noch scharf auf sie» war. Trotzdem wollte er sie strafen. Er hatte zuerst daran gedacht, sie in ein Hotel mitzunehmen und dann «die Sitte» zu holen, um einen Skandal zu verursachen und sie registrieren zu lassen. Dann hatte er sich an Freunde aus seinen Kreisen gewandt. Ihnen war aber nichts eingefallen. Raymond gab mir zu verstehen, wieviel Wert er auf «seine Kreise» legte. Er hatte ihnen die Geschichte erzählt, und sie hatten ihm den Vorschlag gemacht, sie zu «zeichnen». Aber das wollte er nicht. Er wollte weiter darüber nachdenken. Zuerst aber wollte er mich etwas fragen. Übrigens wollte er, bevor er mir die Frage stellte, wissen, was ich über die Geschichte dachte. Ich antwortete ihm, daß ich nichts über sie dächte, daß sie ganz interessant sei. Er fragte mich, ob auch ich der Meinung sei, daß er betrogen wurde – und es schien mir tatsächlich so, daß er betrogen wurde –, ob ich finde, daß man sie bestrafen müsse, und was ich an seiner Stelle tun würde, und ich sagte ihm, daß man das nie wissen könne, ich verstünde es aber, daß er sie bestrafen wolle. Ich trank noch ein bißchen Wein. Er steckte sich eine Zigarette an und eröffnete mir seinen Plan. Er wollte ihr einen Brief schreiben «mit Fußtritten und gleichzeitig allerhand, um sie zur Reue zu bewegen». Und wenn sie dann zu ihm zurückkehrte, würde er mit ihr ins Bett gehen, und «wenn es soweit ist» – genau dann würde er ihr ins Gesicht spucken und sie rausschmeißen. Ich war auch der Meinung, daß das eine gute Strafe für sie wäre. Aber Raymond meinte, er traue sich den nötigen Brief nicht zu und habe sich gedacht, daß ich ihn aufsetzen könnte. Da ich nichts sagte, fragte er, ob es mir lästig wäre, jetzt gleich den Brief aufzusetzen, und ich antwortete «nein».

Er trank noch ein Glas Wein und stand dann auf. Er schob die Teller beiseite und das bißchen kalte Blutwurst, das wir übriggelassen hatten. Er säuberte umständlich das Wachstuch des Tisches. Aus der Schublade seines Nachttisches holte er einen Bogen kariertes Papier, einen gelben Umschlag, einen kleinen roten Federhalter und ein viereckiges Tintenfaß mit violetter Tinte. Als er den Namen der Frau nannte, wußte ich, daß es sich um eine Maurin handelte. Ich setzte den Brief auf. Ich schrieb ein bißchen aufs Geratewohl, aber ich bemühte mich, Raymond zufriedenzustellen, weil ich keinen Grund hatte, ihn nicht zufriedenzustellen. Dann las ich den Brief laut vor. Rauchend und kopfschüttelnd hörte er zu, schließlich bat er mich, ihn noch einmal zu lesen. Er war vollkommen zufrieden. Er sagte: «Ich wußte doch, daß du das Leben kennst.» Ich merkte zuerst gar nicht, daß er mich duzte. Erst als er mir erklärte, «nun bist du mein richtiger Freund», fiel es mir auf. Er wiederholte diese Worte, und ich sagte: «Ja.» Mir war es gleichgültig, ob ich sein Freund war, er aber schien großen Wert darauf zu legen. Er steckte den Brief in den Umschlag, und wir tranken den Wein aus. Dann rauchten wir noch eine Weile, ohne etwas zu sagen. Draußen war es ganz still, wir hörten ein Auto vorbeifahren. Ich sagte: «Es ist spät.» Raymond war der gleichen Meinung. Er bemerkte, die Zeit vergehe schnell, und in gewisser Hinsicht stimmte das. Ich war müde, aber das Aufstehen fiel mir schwer. Ich muß abgespannt ausgesehen haben, denn Raymond sagte, man dürfe sich nicht gehenlassen. Zuerst verstand ich das nicht. Dann erklärte er, er habe von Mamas Tod gehört, aber damit hätte ich ja rechnen müssen. Das war auch meine Ansicht.

Ich stand auf, Raymond drückte mir sehr kräftig die Hand und meinte, unter Männern verstehe man sich doch immer. Als ich seine Wohnung verlassen hatte, schloß ich die Tür und blieb einen Augenblick im Dunkel, auf dem Treppenabsatz, stehen. Das Haus war still, und aus der Tiefe des Treppenhauses stieg ein dunkler, feuchter Geruch herauf. Ich hörte nur das Pochen meines Blutes, das mir in den Ohren dröhnte. Ich rührte mich nicht. Aber im Zimmer des alten Salamano winselte dumpf der Hund.

IV

Ich habe die ganze Woche über tüchtig gearbeitet. Raymond kam zu mir und erzählte, er habe den Brief abgeschickt. Zweimal war ich mit Emmanuel im Kino; er versteht nicht immer, was sich auf der Leinwand abspielt. Ich muß es ihm dann erklären. Gestern, am Samstag, kam Maria, wie wir es verabredet hatten. Ich war sehr scharf auf sie, weil sie ein weiß und rot gestreiftes Kleid und Ledersandalen trug. Man ahnte ihre straffen Brüste, und ihr Gesicht blühte vor Sonnenbräune. Wir fuhren mit dem Autobus ein paar Kilometer aus Algier hinaus, an einen Strand, der von Felsblöcken umgeben und von Schilf eingefaßt ist. Die Nachmittagssonne – es war vier Uhr – brannte nicht mehr zu heiß, aber das Wasser mit seiner trägen Dünung war lauwarm. Maria brachte mir ein Spiel bei. Beim Schwimmen mußte man den Schaum der Wellen trinken und im Mund sammeln, dann mußte man sich auf den Rücken legen und den Schaum in den Himmel spritzen. So entstand ein weicher Strahl, der in der Luft zerstäubte oder mir als lauer Regen ins Gesicht fiel. Aber nach einiger Zeit war mir der Mund von der Bitterkeit des Salzes ganz verbrannt. Maria kam danach zu mir und schmiegte sich im Wasser an mich. Sie preßte ihren Mund auf den meinen. Ihre Zunge erfrischte meine Lippen, und eine Weile wälzten wir uns in den Wellen.

Als wir uns am Strand wieder anzogen, sah Maria mich mit blanken Augen an. Ich küßte sie. Von da an sprachen wir kein Wort mehr. Ich drückte sie an mich, und wir hatten es sehr eilig, einen Autobus zu erreichen, zu mir nach Hause zu fahren und uns aufs Bett zu werfen. Ich hatte ein Fenster offengelassen, und es tat gut, die Sommernacht auf unseren braunen Körpern zu spüren.

An diesem Morgen blieb Maria, und ich sagte ihr, wir wollten zusammen frühstücken. Ich ging nach unten, um Fleisch zu kaufen. Als ich wieder nach oben kam, hörte ich in Raymonds Zimmer eine Frauenstimme. Kurz darauf schimpfte der alte Salamano seinen Hund aus, wir hörten ein Geräusch von Sohlen und Krallen auf den Holzstufen der Treppe und dann: «Aas! Schweinehund!» Sie gingen auf die Straße. Ich erzählte Maria die Geschichte von dem Alten, und sie lachte. Sie trug einen Pyjama von mir und hatte die Ärmel aufgekrempelt. Als sie so lachte, wurde ich wieder scharf auf sie. Kurz darauf fragte sie, ob ich sie liebe. Ich antwortete, das spiele keine Rolle, höchstwahrscheinlich aber nicht. Sie wurde traurig. Aber als sie das Frühstück bereitete, lachte sie über eine Kleinigkeit schon wieder so lustig, daß ich sie küßte. In dem Augenblick ging in Raymonds Zimmer der Krach los.

Zuerst hörte man eine schrille Frauenstimme und dann Raymond, der sagte: «Du hast mich betrogen! Betrogen hast du mich! Ich will dir zeigen, was das heißt – mich betrügen!» Dann ein paar dumpfe Schläge, und die Frau heulte, aber so furchtbar, daß der Treppenabsatz gleich voller Leute war. Maria und ich gingen auch hinaus. Die Frau schrie immer noch, und Raymond schlug immer noch auf sie ein. Maria meinte, das sei ja fürchterlich, und ich gab keine Antwort. Sie bat mich, einen Schutzmann zu holen, aber ich sagte ihr, daß ich Schutzleute nicht ausstehen könne. Dann kam aber doch einer mit dem Mieter aus dem zweiten Stock, einem Bleigießer. Er klopfte an die Tür, und man hörte nichts mehr. Er klopfte stärker, und kurz darauf weinte die Frau wieder, und Raymond öffnete. Er hatte eine Zigarette im Mund und machte ein übertrieben freundliches Gesicht. Das Mädchen stürzte zur Tür und sagte dem Schutzmann, Raymand habe es geschlagen. «Wie heißt du?» fragte der Schutzmann. Raymond nannte seinen Namen. «Nimm die Zigarette aus dem Mund, wenn du mit mir sprichst», sagte der Beamte. Raymond zögerte, sah mich an und behielt die Zigarette im Mund. Da gab der Schutzmann ihm unversehens eine kräftige Ohrfeige. Die Zigarette fiel ein paar Meter weiter zu Boden. Raymond machte plötzlich ein ganz anderes Gesicht, sagte aber nichts mehr und fragte dann ganz bescheiden, ob er seinen Stummel aufheben dürfe. Der Schutzmann erlaubte es und fügte hinzu: «Merk dir fürs nächstemal, daß ein Schutzmann kein Popanz ist.» Währenddessen weinte das Mädchen und wiederholte: «Er hat mich geschlagen! Er ist ein Zuhälter.» – «Herr Schutzmann», fragte Raymond, «ist es gesetzlich erlaubt, einen Mann einen Zuhälter zu nennen?» Aber der Schutzmann befahl ihm, «die Schnauze zu halten». Raymond wandte sich dem Mädchen zu und sagte: «Warte nur, mein Kind, wir sprechen uns noch.» Der Schutzmann forderte ihn wieder auf, die Schnauze zu halten, das Mädchen sollte sich nach Hause scheren, und Raymond sollte im Zimmer bleiben, bis er vom Kommissar vorgeladen würde. Er fügte hinzu, Raymond solle sich schämen, so besoffen zu sein, daß er zitterte. Worauf Raymond ihm erklärte: «Ich bin nicht besoffen, Herr Schutzmann. Aber ich stehe vor Ihnen und und zittere, dafür kann ich nichts.» Er schloß die Zimmertür, und alle gingen fort. Ich machte mit Maria das Frühstück fertig. Aber sie hatte keinen Hunger, ich habe fast alles allein gegessen. Um ein Uhr ging sie, und ich schlief ein bißchen.

Gegen drei Uhr wurde an meine Tür geklopft, und Raymond trat ein. Ich blieb liegen. Er setzte sich auf den Rand meines Bettes. Eine Weile sagte er nichts, und ich fragte ihn, wie seine Geschichte gegangen sei. Er erzählte mir, er habe getan, was er wollte, aber sie habe ihn geohrfeigt, und da habe er sie verprügelt. Alles andere habe ich ja miterlebt. Ich sagte, meiner Meinung nach sei sie jetzt bestraft, und er könne zufrieden sein. Das war auch seine Meinung, und dann meinte er noch, der Schutzmann könne machen, was er wolle, die Prügel habe sie jedenfalls weg. Er sagte dann noch, er kenne die Schutzleute und wisse, wie man mit ihnen umzugehen habe. Dann fragte er mich, ob ich erwartet hätte, daß er dem Schutzmann die Ohrfeige heimzahlen würde. Ich antwortete, ich hätte nichts erwartet, im übrigen könne ich Schutzleute nicht ausstehen. Er fragte mich, ob ich mit ihm ausgehen wolle. Ich stand auf und begann mich zu kämmen. Dann sagte er, ich müsse ihm als Zeuge dienen. Mir war das einerlei, aber ich wußte nicht, was ich bezeugen sollte. Nach Raymonds Ansicht brauchte ich nur zu erklären, daß das Mädchen ihn beleidigt habe. Ich war bereit, ihm das zu bezeugen.

Wir gingen aus, und Raymond lud mich zu einem Schnaps ein. Dann wollte er eine Partie Billard spielen, die ich knapp verlor. Darauf wollte er in ein Bordell, aber ich wollte nicht mit, weil mir das keinen Spaß macht. Da gingen wir langsam nach Hause, und er sagte mir wieder, wie sehr er sich freue, seine Geliebte bestraft zu haben. Er war sehr nett zu mir, und ich fand es ganz angenehm, mit ihm zusammen zu sein.

Schon von weitem sah ich den alten Salamano sehr aufgeregt in der Tür stehen. Als wir näher kamen, sah ich, daß er seinen Hund nicht bei sich hatte. Er blickte nach allen Seiten, drehte sich um sich selbst, versuchte, die Dunkelheit des Flures zu durchdringen, murmelte zusammenhanglose Worte und suchte wieder mit seinen kleinen roten Augen die Straße ab. Als Raymond ihn fragte, was er denn habe, antwortete er nicht gleich. Ich hörte ihn undeutlich murmeln: «Schweinehund! Aas!» Und dann drehte er sich wieder überallhin um. Ich fragte ihn, wo sein Hund sei. Er antwortete brüsk, der sei fort. Und dann kollerte es plötzlich aus ihm heraus: «Wie sonst war ich mit ihm auf dem Champ de Manœuvres. Bei den Jahrmarktsbuden waren viele Menschen. Ich blieb stehen, um mir den ‹König der Ausbrecher› anzusehen. Und als ich weitergehen wollte, war er nicht mehr da. Schon immer wollte ich für ihn ein engeres Halsband kaufen. Aber daß sich das Miststück so davonschlich, hätte ich nicht für möglich gehalten.»

Raymond erklärte ihm dann, daß der Hund sich verirrt haben könne und schon wiederkommen würde. Er erzählte ihm von Hunden, die zehn Kilometer weit gelaufen seien, um zu ihrem Herrn zurückzukehren. Trotzdem wurde der Alte immer aufgeregter: «Wegnehmen werden sie ihn mir. Ja, wenn sich jemand seiner annähme. Aber das ist ausgeschlossen, mit dem Ausschlag ekelt er jeden an. Die Schutzleute nehmen ihn todsicher mit.» Ich sagte ihm, am besten ginge er zum Pfandstall, wo man ihm den Hund gegen Erstattung irgendwelcher Gebühren zurückgäbe. Er fragte mich, ob die Gebühren hoch seien. Das wußte ich nicht. Da packte ihn plötzlich die Wut: «Für das Mistvieh auch noch Geld ausgeben! Ach, soll er doch krepieren!» Und dann schimpfte er wieder auf den Hund. Raymond lachte und ging ins Haus. Ich folgte ihm. Auf dem Treppenflur trennten wir uns. Einen Augenblick später hörte ich die Schritte des Alten, er klopfte an meine Tür. Als ich öffnete, blieb er einen Augenblick auf der Schwelle stehen und sagte: «Entschuldigen Sie!» Ich forderte ihn auf einzutreten, aber das wollte er nicht. Er blickte zu Boden, und seine schorfigen Hände zitterten. Ohne mich anzusehen fragte er: «Sie werden ihn mir doch nicht wegnehmen, Herr Meursault? Man gibt ihn mir doch wieder? Was soll denn sonst aus mir werden?» Ich sagte ihm, der Pfandstall halte die eingefangenen Hunde drei Tage zur Verfügung der Eigentümer und tue dann mit den Tieren, was man für richtig halte. Er sah mich schweigend an. Dann sagte er: «Guten Abend!» Er schloß seine Tür, und ich hörte ihn auf und ab gehen. Sein Bett krachte. Das seltsame, kleine Geräusch, das ich durch die Wand hörte, verriet mir, daß er weinte. Ich weiß nicht, weshalb ich an Mama dachte. Aber ich mußte am nächsten Morgen früh aufstehen. Ich hatte keinen Hunger und ging, ohne Abendbrot gegessen zu haben, ins Bett.

V

Raymond rief mich im Büro an. Er sagte, einer seiner Freunde (er hatte ihm von mir erzählt) habe mich eingeladen, den Sonntag in seinem Wochenendhaus in der Nähe von Algier zu verbringen. Ich antwortete, daß ich das gerne wollte, aber ich habe mich für Sonntag mit einer Freundin verabredet. Raymond erklärte sofort, auch meine Freundin sei eingeladen. Die Frau seines Freundes werde sich sehr freuen, mit den Männern nicht allein zu sein.

Ich wollte gleich wieder einhängen, weil ich weiß, daß der Chef es nicht gern hat, wenn wir aus der Stadt angerufen werden. Aber Raymond bat mich zu warten und sagte, er hätte mir die Einladung auch am Abend übermitteln können, aber er müsse mir noch etwas anderes mitteilen. Den ganzen Tag sei ihm eine Gruppe von Arabern, unter ihnen auch der Bruder seiner Geliebten, nicht von den Fersen gewichen. «Wenn du ihn heute abend in der Nähe unseres Hauses siehst, sag mir Bescheid.»

Kurz darauf ließ mich der Chef rufen, und einen Augenblick war ich ärgerlich, denn ich rechnete damit, er würde mir sagen, daß ich weniger telefonieren und mehr arbeiten solle. Aber das war es nicht. Er erklärte mir, er wolle mit mir einen noch nicht feststehenden Plan besprechen. Er wolle nur meine Stellungnahme kennenlernen. Er habe die Absicht, in Paris ein Büro aufzumachen, das direkt mit den großen Firmen verhandelte, und er möchte wissen, ob ich Lust hätte, die Leitung des Büros zu übernehmen. Ich könnte dann in Paris wohnen und einen Teil des Jahres reisen. «Sie sind jung, und so ein Leben müßte Ihnen doch Spaß machen.» Das bejahte ich, aber ich verschwieg nicht, daß es mir im Grunde ganz einerlei wäre. Da fragte er mich, ob mich ein Wechsel des Lebens nicht interessiere. Ich antwortete, man wechsele nie das Leben, eins sei so gut wie das andere, und mit meinem hier sei ich ganz zufrieden. Er machte ein ungehaltenes Gesicht und meinte, ich antworte immer ausweichend und hätte keinen Ehrgeiz, und das sei für einen Kaufmann sehr vom Übel. Dann kehrte ich zu meiner Arbeit zurück. Es tat mir leid, daß er unzufrieden mit mir war, aber ich sah nicht ein, weshalb ich hätte wechseln sollen. Wenn ich alles genau überlegte, fühlte ich mich ganz wohl und glücklich. Als ich noch Student war, hatte ich manchen Ehrgeiz dieser Art. Aber als ich das Studium aufgeben mußte, wurde mir schnell klar, daß das alles nicht so wichtig ist.

Am Abend holte Maria mich ab und fragte mich, ob ich sie heiraten wolle. Ich antwortete ihr, das wäre mir einerlei, aber wir könnten heiraten, wenn sie es wolle. Da wollte sie wissen, ob ich sie liebe. Ich antwortete, wie ich schon einmal geantwortet hatte, daß das nicht so wichtig sei, daß ich sie aber zweifellos nicht liebe. «Warum willst du mich dann heiraten?» fragte sie. Ich erklärte ihr, das sei ganz unwichtig; wenn sie wolle, könnten wir heiraten. Übrigens wollte sie es durchaus, während ich mich damit nur einverstanden erklärte. Sie meinte, die Ehe sei etwas sehr Ernstes. Ich antwortete: «Nein.» Sie schwieg eine Weile und sah mich an. Dann redete sie. Sie wollte nur wissen, ob ich denselben Vorschlag einer anderen Frau, mit der ich auf die gleiche Weise verbunden wäre, angenommen hätte.

Auch Buchseiten sind Wertpapiere . . .

... denn Wertpapier ist jedes Papier, das irgendeinem etwas wert ist oder das von allgemeinem Wert ist.

Ein Zettel mit einer Notiz, die ich notwendig brauche, ist nur mir ein Wertpapier, ebenso ein Arbeitszeugnis, ein Brief, ein Lesezeichen an einer Stelle, die ich wiederfinden will.

Briefmarken dagegen oder Geldscheine und erst recht Obligationen und Pfandbriefe sind Papiere, die für jeden gleichermaßen Wert haben.

Ich antwortete «Selbstverständlich». Sie fragte sich dann, ob sie mich liebte, und dazu konnte ich nichts sagen. Wieder schwieg sie eine Weile, dann sagte sie leise, ich sei ein seltsamer Mensch, und sie liebe mich gerade deswegen, aber vielleicht werde ich ihr eines Tages aus den gleichen Gründen ein Abscheu sein . . . Ich schwieg, weil ich nichts zu sagen hatte. Da nahm sie mich lachend beim Arm und erklärte, sie wolle mich heiraten. Ich antwortete, wir könnten es tun, sobald sie es wünsche. Dann erzählte ich ihr von dem Angebot des Chefs, und Maria meinte, sie würde Paris gern kennenlernen. Ich sagte ihr, daß ich eine Zeitlang in Paris gelebt habe, und sie fragte, wie es dort sei. Ich sagte: «Schmutzig, lauter Tauben und dunkle Höfe. Die Menschen sind alle ganz blaß.» Dann sind wir durch die breiten Straßen der Stadt gegangen. Die Frauen waren schön, und ich fragte Maria, ob sie das auch sehe. Sie bejahte und meinte, sie verstehe mich schon. Eine Weile schwiegen wir. Ich wollte aber, daß sie bei mir blieb, und schlug ihr vor, bei Céleste zu essen. Sie hatte große Lust, aber sie hatte noch zu tun. Wir waren in der Nähe meiner Wohnung, und ich verabschiedete mich von ihr. Sie sah mich an: «Willst du nicht wissen, was ich zu tun habe?» Natürlich wollte ich das wissen, aber ich hatte nicht daran gedacht, und das schien sie mir übel zu nehmen. Als sie mein verlegenes Gesicht sah, lachte sie wieder und bot mir mit einer Bewegung des ganzen Körpers ihren Mund.

Ich aß bei Céleste. Ich hatte schon mit dem Essen begonnen, als eine kleine, seltsame Frau das Lokal betrat und mich fragte, ob sie sich an meinen Tisch setzen dürfe. Natürlich durfte sie das. Sie hatte abgehackte Bewegungen und blanke Augen in einem kleinen Apfelgesicht. Sie legte ihr Jackett ab, setzte sich und studierte fieberhaft die Speisekarte. Dann rief sie Céleste und bestellte alles mit einer genauen und überstürzten Stimme. Während sie auf die Vorspeise wartete, öffnete sie ihre Handtasche, entnahm ihr Papier und Bleistift und rechnete zusammen, was sie später zu zahlen hatte, nahm dann aus einer Seitentasche das notwendige Geld, einschließlich Trinkgeld, und legte es vor sich hin. In diesem Augenblick brachte man die Vorspeise, die sie in aller Hast verschlang. Während sie auf den nächsten Gang wartete, nahm sie aus der Handtasche einen Blaustift und das Rundfunkprogramm der Woche. Mit viel Sorgfalt strich sie fast alle Sendungen an. Da das Programmheft etwa zwölf Seiten umfaßte, setzte sie diese Arbeit fast während der ganzen Mahlzeit fort. Ich war schon längst mit dem Essen fertig, als sie immer noch mit dem gleichen Eifer strichelte. Dann stand sie auf, zog das Jackett mit den gleichen automatisch genauen Bewegungen wieder an, und verließ das Lokal. Da ich nichts zu tun hatte, stand auch ich auf und folgte ihr eine Weile. Sie ging auf dem Bordstein des Bürgersteigs und verfolgte mit unglaublicher Sicherheit und Schnelligkeit ihren Weg, ohne abzuweichen oder sich umzuwenden. Schließlich verlor ich sie aus den Augen und kehrte um. Ich dachte, wie seltsam sie war, vergaß sie aber ziemlich schnell.

An meiner Tür fand ich den alten Salamano. Ich ließ ihn eintreten, und er erzählte mir, sein Hund sei weg, im Pfandstall habe er ihn nicht gefunden. Die Beamten hatten gemeint, er sei vielleicht überfahren worden. Er hatte gefragt, ob man das nicht auf dem Kommissariat erfahren könne. Man hatte ihm geantwortet, daß man derartige Vorkommnisse nicht weiter verfolge, weil sie alle Tage passierten. Ich sagte dem alten Salamano, er solle sich einen anderen Hund anschaffen, aber er erklärte mit Recht, daß er sich an diesen gewöhnt hatte.

Ich hockte auf meinem Bett, und Salamano saß auf einem Stuhl am Tisch. Er saß mir gegenüber, seine Hände lagen auf seinen Knien. Er hatte den alten Filzhut aufbehalten. Unter seinem gelben Schnurrbart kaute er seine kurzen Sätze. Er langweilte mich ein bißchen, aber ich hatte nichts zu tun, und müde war ich auch noch nicht. Um etwas zu sagen, fragte ich ihn nach seinem Hund. Er erzählte, er habe ihn nach dem Tode seiner Frau angeschafft. Er hatte ziemlich spät geheiratet. In seiner Jugend hatte er Schauspieler werden wollen: beim Regiment hatte er in den Soldatenstücken gespielt. Aber schließlich war er Eisenbahner geworden, und das bereute er nicht, denn jetzt hatte er eine kleine Pension. Mit seiner Frau war er nicht glücklich gewesen, aber alles in allem hatte er sich gut an sie gewöhnt. Als sie starb, war er sich sehr verlassen vorgekommen. Dann hatte er einen Arbeitskollegen um einen Hund gebeten und hatte auch einen jungen bekommen. Mit der Flasche hatte er ihn großgezogen. Aber da ein Hund nicht so lange lebt wie ein Mensch, waren sie zusammen alt geworden. «Er hatte einen schlechten Charakter», sagte Salamano. «Ab und zu gerieten wir sehr aneinander. Trotzdem war es ein guter Hund.» Ich sagte ihm, er wäre sehr rassig gewesen, und das freute Salamano. «Sie hätten ihn nur mal vor seiner Krankheit sehen sollen. Besonders schön war sein Fell.» Seit der Hund krank war, schmierte Salamano ihn jeden Morgen und jeden Abend mit Salbe ein. Aber seiner Meinung nach sei das Alter die wahre Krankheit des Hundes gewesen, und dagegen sei nun mal kein Kraut gewachsen. In diesem Augenblick gähnte ich, und der Alte meinte, er müsse jetzt gehen. Ich sagte, er könne ruhig bleiben, es tue mir sehr leid, daß seinem Hund das zugestoßen sei. Er bedankte sich. Er sagte, Mama habe den Hund immer gern leiden mögen. Wenn er von ihr sprach, nannte er sie immer nur «Ihre arme Mutter». Er meinte, ich müsse doch sehr unglücklich sein, seit Mama tot sei; ich habe nichts darauf geantwortet. Dann sagte er sehr schnell und mit einer Art Verlegenheit, er wisse genau, was man über mich im Viertel rede, weil ich meine Mutter ins Altersheim gesteckt habe, aber er kenne mich und wisse, daß ich Mama sehr lieb gehabt habe. Warum, das weiß ich nicht – jedenfalls entgegnete ich, bisher hätte ich gar nicht gewußt, daß man mir in dieser Hinsicht Vorwürfe mache, aber das Heim sei für mich eine ganz natürliche Lösung gewesen, weil ich nicht genug verdiene, um für Mama eine Pflegerin zu halten. «Übrigens», fügte ich hinzu, «hatte Mama mir schon lange nichts mehr zu sagen und langweilte sich allein.» – »Ja», entgegnete er, «und in einem Heim findet man bald Freunde.» Dann entschuldigte er sich. Er wollte schlafen. Sein Leben sei jetzt ganz anders geworden, und er wisse nicht so recht, was er tun solle. Zum erstenmal, seit ich ihn kenne, reichte er mir flüchtig die Hand, und ich fühlte seine schuppige Haut. Er lächelte ein wenig, und ehe er das Zimmer verließ, sagte er: «Hoffentlich bellen die Hunde in dieser Nacht nicht. Ich denke immer, es ist meiner.»

VI

Am Sonntag konnte ich nur schwer wach werden; Maria
mußte mich anrufen und schütteln. Wir frühstückten nicht,
weil wir früh baden wollten. Ich hatte ein Gefühl der Leere
und ein bißchen Kopfschmerzen. Die Zigarette schmeckte
nicht recht. Maria machte sich lustig über mich und meinte,
ich mache ein richtiges Leichenbittergesicht. Sie hatte ein
weißes Leinenkleid an und trug das Haar offen. Ich sagte
ihr, sie sei schön, und sie lachte vor Freude.

Beim Hinuntergehen klopften wir an Raymonds Tür.
Er antwortete, er komme gleich. Auf der Straße traf mich
das grelle Sonnenlicht wie eine Ohrfeige. Sicher, weil ich
so müde war und wir die Jalousien nicht geöffnet hatten.
Maria hüpfte vor Freude und sagte immer wieder, wie
herrlich das Wetter sei. Ich fühlte mich langsam wohler
und stellte fest, daß ich Hunger hatte. Ich sagte das Maria,
die auf ihre Wachstuchtasche mit unseren Badeanzügen
und einem Handtuch zeigte. Ich sollte nur noch warten.
Wir hörten, wie Raymond seine Tür schloß. Er trug eine
blaue Hose und ein weißes Hemd mit kurzen Ärmeln. Aber
er hatte einen Strohhut aufgesetzt, worüber Maria viel
lachte, und seine Unterarme waren unter den schwarzen
Haaren weiß. Das ekelte mich etwas. Er kam pfeifend die
Treppe herunter und sah sehr zufrieden aus. Er sagte:
«Tag, mein Lieber»; Maria nannte er «gnädiges Fräulein».

Am Abend vorher waren wir auf dem Kommissariat gewesen, und ich hatte bezeugt, daß das Mädchen Raymond
betrogen habe. Er kam mit einer Verwarnung davon. Mei-

ne Aussage wurde nicht weiter überprüft. Vor der Haustür besprachen wir uns mit Raymond, dann beschlossen wir, den Autobus zu nehmen. Der Strand war nicht weit, aber so ging es schneller. Raymond meinte, sein Freund würde sich freuen, wenn wir so früh kämen. Wir wollten gerade einsteigen, als Raymond mir plötzlich bedeutete, ich solle zur gegenüberliegenden Straßenseite schauen. Vor der Auslage eines Tabakladens sah ich eine Gruppe Araber. Sie betrachteten uns schweigend, aber auf ihre Weise, nicht mehr oder weniger, als wären wir Steine oder tote Bäume. Raymond war nicht sehr erfreut und sagte mir, der zweite von links sei sein Feind. Trotzdem meinte er, die Geschichte sei nun erledigt. Maria verstand das nicht und fragte uns, was es gebe. Ich sagte ihr, die Araber hätten was mit Raymond. Raymond reckte sich und meinte, wir sollten uns beeilen.

Wir gingen dann zur Haltestelle, die etwas weiter entfernt lag, und Raymond machte mich darauf aufmerksam, daß die Araber uns nicht folgten. Ich wandte mich um. Sie standen immer noch an derselben Stelle und betrachteten mit derselben Gleichgültigkeit den Ort, den wir eben verlassen hatten. Wir stiegen in den Autobus. Raymond, der sehr erleichtert schien, scherzte mit Maria. Ich fühlte, daß sie ihm gefiel, aber sie antwortete ihm kaum. Nur ab und zu sah sie ihn lachend an.

Draußen, vor der Stadt, stiegen wir aus. Der Strand liegt nicht weit von der Haltestelle. Aber wir mußten über ein kleines Plateau, das das Meer beherrscht und dann zum Strand hin abfällt. Es war mit gelblichen Steinen und Asphodelen bedeckt, die vor dem kräftigen Blau des Himmels ganz weiß aussahen. Maria machte sich einen Spaß daraus, mit ihrer Wachstuchtasche in die Blumen zu schlagen, daß die Blütenblätter nur so flogen. Wir gingen an kleinen Villen mit grünen oder weißen Zäunen vorbei, von denen die einen mit ihren Veranden unter den Tamarisken verschwanden, während andere kahl mitten in den Steinen standen. Noch ehe wir den Rand des Plateaus erreichten, sahen wir das regungslose Meer und in weiterer Ferne ein verschlafenes Felsmassiv im klaren Wasser. Leichtes Motorengeräusch kam durch die ruhige Luft zu uns herauf. Und weit draußen sahen wir ein kleines Fischerboot, das sich unmerklich auf dem glitzernden Meer bewegte. Maria pflückte ein paar Steinlilien. Von dem Hang aus, der zum Meer abfiel, sahen wir, daß schon welche badeten.

Raymonds Freund bewohnte ein kleines Holzhaus am Ende des Strandes. Das Haus lehnte am Felsen, und die Pfähle, auf denen es vorne ruhte, standen schon im Wasser. Raymond stellte uns vor. Er war ein großer, dicker, breitschultriger Bursche mit einer kleinen, rundlichen, netten Frau, die pariserisch sprach. Er forderte uns sofort auf, wir sollten es uns bequem machen, und verriet, daß es gebratene Fische gebe, die er in der Frühe gefangen habe. Ich sagte ihm, wie sehr mir sein Haus gefiele. Er antwortete, er verbringe hier den Samstag, den Sonntag und alle seine freien Tage. «Mit meiner Frau, wir verstehen uns gut», fügte er hinzu. Seine Frau lachte gerade mit Maria. Vielleicht zum erstenmal dachte ich ernstlich daran, zu heiraten.

Masson wollte baden, aber seine Frau und Raymond wollten nicht mitkommen. Zu dritt gingen wir hinunter, und Maria stürzte sich sofort ins Wasser. Masson und ich warteten noch ein bißchen. Er sprach langsam, und mir fiel auf, daß er alles, was er sagte, durch «ja sogar» vervollständigte, auch wenn damit im Grunde nichts Neues gesagt wurde. Über Maria sagte er: «Sie ist großartig, ja sogar reizend.» Dann achtete ich nicht weiter auf diese Angewohnheit, weil ich feststellte, wie gut mir die Sonne tat. Der Sand unter den Füßen fing an, warm zu werden. Ich zog meine Vorfreude auf das Wasser noch ein bißchen hinaus, aber schließlich fragte ich Masson: «Gehen wir rein?» Ich stürzte mich hinein. Er ging langsam ins Wasser und ließ sich erst fallen, als er keinen Boden mehr unter den Füßen hatte. Er war kein guter Schwimmer, ich ließ ihn allein und schwamm hinter Maria her. Das Wasser war kalt, und ich freute mich, daß ich schwamm. Maria und ich schwammen weit hinaus, und wir waren völlig eins in unseren Bewegungen und in unserem Wohlbehagen. Draußen legten wir uns auf den Rücken, und von meinem Gesicht, das dem Himmel zugewandt war, nahm die Sonne die letzte Nässe, die mir in den Mund floß. Wir sahen Masson ans Ufer schwimmen, wo er sich in die Sonne legte. Von weitem wirkte er riesengroß. Maria wollte, daß wir zusammen schwammen. Ich schwamm hinter sie, um ihre Taille fassen zu können, und sie machte die Arm- und ich die Beinbewegungen. Das leichte Klatschen des Wassers begleitete uns, bis ich fühlte, daß ich müde wurde. Da ließ ich Maria los und erreichte regelmäßig schwimmend und tief atmend das Ufer. Am Strand legte ich mich bäuchlings neben Masson, das Gesicht im Sand. Ich sagte zu ihm: «Das tut gut», und er war derselben Ansicht. Kurz darauf kam Maria. Ich drehte mich auf den Rücken, um sie kommen zu sehen. Sie war vom Salzwasser ganz klebrig und hielt ihr Haar nach hinten. Sie legte sich dicht neben mich, und ihre Körperwärme und die Wärme der Sonne schläferten mich ein wenig ein.

Maria schüttelte mich und sagte, Masson sei schon vorgegangen, gleich werde gefrühstückt. Ich stand sofort auf, weil ich Hunger hatte, aber Maria meinte, ich hätte sie den ganzen Morgen noch kein einziges Mal geküßt. Das stimmte, ich hatte auch großes Verlangen danach. «Komm ins Wasser», sagte sie. Wir liefen ans Wasser und legten uns in die ersten kleinen Wellen. Wir machten ein paar Stöße, und dann schmiegte sie sich an mich. Ich fühlte ihre Beine an meinen Beinen und hatte Verlangen nach ihr.

Als wir zurückkamen, rief Masson schon nach uns. Ich sagte zu ihm, ich hätte großen Hunger, und er sagte gleich zu seiner Frau, ich gefalle ihm. Das Brot war gut, und ich verschlang meine Portion Fisch. Dann gab es Fleisch und pommes frites. Wir aßen alle wortlos. Masson trank oft Wein, und immer wieder schenkte er mir ein. Beim Kaffee hatte ich einen ziemlich schweren Kopf, ich rauchte auch viel. Masson, Raymond und ich sprachen dann davon, den Monat August auf gemeinsame Kosten am Meer zu verbringen. Plötzlich sagte Maria: «Wißt ihr auch, wieviel Uhr es ist? Halb zwölf.» Wir waren alle erstaunt, aber Masson meinte, wir hätten sehr früh gegessen, und das wäre ganz natürlich, denn Frühstücksstunde sei immer dann, wenn man Hunger habe. Ich weiß nicht, weshalb Maria darüber lachte. Ich glaube, sie hatte etwas zuviel getrunken. Masson fragte mich dann, ob ich mit ihm am Strand spazierengehen wolle. «Meine Frau macht nach dem Essen immer ein Schläfchen. Ich nicht. Ich muß laufen. Ich sage immer wieder, wie gesund das ist. Aber schließlich ist es ihr gutes Recht.»

Maria erklärte, sie wolle im Haus bleiben und Frau Masson beim Abwasch helfen. Die kleine Pariserin meinte, bei dieser Arbeit ständen Männer nur im Weg. Wir drei gingen an den Strand.

Die Sonne fiel senkrecht auf den Sand, und ihr Flimmern auf dem Meer war fast unerträglich. Kein Mensch war mehr am Strand. Aus den Holzhäusern am Rande des Plateaus und am Meer drangen das Klappern von Tellern und das Klirren von Geschirr. In der trockenen Hitze, die vom Boden aufstieg, konnte man kaum atmen. Raymond und Masson unterhielten sich über Dinge und Menschen, die ich nicht kannte. Mir wurde klar, daß sie sich schon lange kannten und vorübergehend sogar zusammen gewohnt hatten. Wir gingen ans Wasser und dann am Wasser entlang. Ab und zu näßte eine kleine Welle, die länger war als die anderen, unsere Segeltuchschuhe. Ich dachte an nichts, denn die Sonne, die meinen Kopf traf, schläferte mich ein.

In diesem Augenblick sagte Masson etwas zu Raymond, das ich nicht ganz verstand. Aber gleichzeitig sah ich am Ende des Strandes, ziemlich weit von uns entfernt, zwei Araber in blauen Arbeiteranzügen auf uns zukommen. Ich sah Raymond an, und er sagte: «Er ist es.» Wir gingen ruhig weiter. Masson fragte, wie sie uns bis hierher hätten folgen können. Ich dachte: sie hatten uns mit der Badetasche in den Autobus steigen sehen, aber ich sagte nichts.

Die Araber kamen langsam auf uns zu und waren schon

bedeutend näher. Wir gingen nicht schneller, aber Raymond sagte: «Wenn's zur Keilerei kommt, dann übernimmst du, Masson, den zweiten. Ich nehme meinen vor. Und wenn noch ein dritter auftaucht, der ist für dich, Meursault.» Ich antwortete: «Ja», und Masson steckte die Hände in die Tasche. Der überhitzte Sand kam mir jetzt rot vor.

Mit gleichmäßigen Schritten gingen wir auf die Araber zu. Die Entfernung zwischen uns wurde immer kleiner. Als wir nur noch ein paar Schritte voneinander getrennt waren, blieben die Araber stehen. Masson und ich wurden jetzt langsamer. Raymond ging direkt auf seinen Gegner zu. Was er ihm sagte, konnte ich nicht hören, aber der andere wollte ihm eins versetzen. Da schlug Raymond als erster zu und rief auch sofort Masson. Masson ging auf den zu, der ihm bezeichnet worden war, und schlug zweimal mit aller Kraft zu. Der Araber fiel mit dem Gesicht ins Wasser und blieb so ein paar Sekunden liegen, während rund um seinen Schädel Blasen aufstiegen und platzten. Unterdessen schlug auch Raymond wieder zu, und der andere blutete im Gesicht. Raymond wandte sich zu mir um und sagte: «Jetzt sollst du mal was erleben!» Ich rief ihm zu: «Achtung! Er hat ein Messer.» Aber schon hatte Raymond einen Stich im Arm und eine gespaltene Lippe.

Masson sprang vor. Aber der andere Araber war wieder hochgekommen und stellte sich hinter den Mann mit dem Messer. Wir wagten uns nicht zu rühren. Sie wichen langsam zurück, ohne uns aus den Augen zu lassen, und hielten uns mit dem Messer in Schach. Als sie zwischen sich und uns genug Raum gebracht hatten, machten sie sich aus dem

Staub, während wir wie angewurzelt in der Sonne standen und Raymond sich den Arm hielt, aus dem das Blut tropfte.

Masson sagte gleich, er kenne einen Arzt, der seine Sonntage auf dem Plateau verbringe. Raymond wollte sofort zu ihm. Wenn er sprach, bildete das Blut in seinem Mund Blasen. Wir stützten ihn und kehrten so schnell wie möglich in das Holzhaus zurück.

Dort meinte Raymond, seine Wunden seien nicht so schlimm, er könne zum Arzt gehen. Er machte sich mit Masson auf den Weg, und ich blieb zurück und erzählte den Frauen, was passiert war. Frau Masson weinte, und Maria war sehr blaß. Die Erklärúngen langweilten mich. Schließlich sagte ich nichts mehr, steckte mir eine Zigarette an und sah aufs Meer hinaus.

Gegen halb zwei kamen Raymond und Masson zurück. Raymond hatte den Arm verbunden und ein Pflaster im Mundwinkel. Der Arzt hatte gesagt, es sei nicht weiter gefährlich, aber Raymond machte einen sehr düsteren Eindruck. Masson versuchte, ihn aufzuheitern. Aber er sprach kein Wort. Als er dann sagte, er wolle an den Strand, fragte ich ihn, wohin. Er antwortete, er wolle ein wenig Luft schöpfen. Masson und ich sagten, wir wollten ihn begleiten. Da wurde er wütend und beschimpfte uns. Masson meinte, man solle ihn nicht reizen. Aber ich ging trotzdem hinter ihm her.

Wir gingen lange den Strand entlang. Die Sonne war jetzt drückend heiß. Sie brach sich auf dem Sand und auf dem Meer. Ich hatte den Eindruck, Raymond wisse genau, wohin er ging, aber das war zweifellos falsch. Am Ende des Strandes erreichten wir schließlich eine kleine Quelle, die hinter einem Felsblock ins Meer floß. Hier stießen wir auf unsere beiden Araber. Sie lagen in ihren öligen Arbeiteranzügen im Sand. Sie machten einen ganz ruhigen, fast zufriedenen Eindruck. Unser Kommen änderte nichts daran. Der, der Raymond mit dem Messer gestochen hatte, sah ihn wortlos an. Der andere blies auf einer kleinen Rohrflöte und wiederholte, uns von der Seite beobachtend, fortwährend die drei Töne, die er aus seinem Instrument herausbekam.

Während dieser ganzen Zeit waren nur die Sonne da und dieses Schweigen, dazu das Murmeln der Quelle und die drei Flötentöne. Da griff Raymond nach der Revolvertasche, aber der andere rührte sich nicht, sie sahen einander nur immer an. Ich bemerkte, daß der Flötenbläser weit auseinanderstehende Zehen hatte. Ohne seinen Gegner aus dem Auge zu lassen, fragte Raymond mich: «Soll ich ihn abknallen?» Ich dachte, wenn ich ihm abriete, würde er sich selber aufreizen und bestimmt schießen. So sagte ich nur: «Er hat noch kein Wort gesprochen. Es wäre gemein, ihn so einfach über den Haufen zu schießen.» Wieder hörte ich nur das leise Geräusch des Wassers und die Flöte inmitten des Schweigens und der Hitze. Dann sagte Raymond: «Ich werde ihn also beleidigen, und wenn er dann antwortet, knalle ich ihn nieder.» Ich antwortete: «Gut. Aber wenn er nicht das Messer zieht, kannst du nicht schießen.» Raymond kam allmählich in Wut. Der andere blies noch immer auf der Flöte, und beide beobachteten jede Bewegung Raymonds. «Nein», sagte ich zu Raymond. «Schlag dich mit ihm von Mann zu Mann, und gib mir den Revolver. Wenn der andere sich einmischt oder das Messer zieht, knalle ich ihn nieder.»

Als Raymond mir seinen Revolver gab, glitt die Sonne über ihn hin. Wir rührten uns noch immer nicht, als wären wir ganz eingekreist. Wir sahen einander an, ohne den Blick zu senken, und alles hier wurde unbeweglich zwischen Meer, Sand und Sonne: das zwiefache Schweigen von Flöte und Wasser. In diesem Augenblick dachte ich, es sei ganz einerlei, ob man schießt oder nicht. Aber plötzlich krochen die Araber rückwärts hinter den Felsen. Raymond und ich kehrten um. Er schien sehr erleichtert und redete von dem Autobus, mit dem wir später zurückfahren wollten. Ich begleitete ihn bis zum Holzhaus, und während er die Holztreppe hinaufging, blieb ich vor der ersten Stufe stehen. Der Kopf dröhnte mir von der Sonne, und mir graute vor der Anstrengung, die Treppe hinaufgehen und wieder mit den Frauen reden zu müssen. Aber die Hitze war derart, daß es ebenso qualvoll war, in dem blendenden Regen dazustehen, der vom Himmel fiel. Bleiben oder gehen – es kam auf dasselbe hinaus. Kurz darauf ging ich zum Strand zurück und nahm die Wanderung wieder auf.

Immer noch dasselbe grellrote Leuchten. Auf dem Sand der Atem des Meeres mit den kurzen, verhaltenen Zügen seiner kleinen Wellen. Ich ging langsam auf die Felsen zu und fühlte, wie mir die Stirn unter der Sonne anschwoll. Die Hitze legte sich mit ihrem ganzen Gewicht auf mich und stemmte sich mir entgegen. Und jedesmal, wenn ich ihren heißen Atem auf dem Gesicht fühlte, biß ich die Zähne aufeinander, ballte die Fäuste in den Hosentaschen und spannte mich, um über die Sonne und den dunklen

Rausch, den sie über mich ergoß, zu triumphieren. Bei jedem Lichtspeer, der aus dem Sand, aus einer gebleichten Muschel oder aus einer Glasscherbe aufschoß, verkrampften sich meine Kiefer. Es war ein langer Weg.

In der Ferne sah ich das dunkle, kleine Felsmassiv und ringsum einen blendenden Hof aus Licht und Meeresstaub. Ich dachte an die kühle Quelle hinter dem Felsen. Ich sehnte mich nach dem Gemurmel ihres Wassers, wollte der Sonne entfliehen, aller Anstrengung und allen Frauentränen, wollte den Schatten wieder genießen und seine Ruhe. Aber als ich näher kam, sah ich, daß Raymonds Gegner zurückgekommen war.

Er war allein. Er lag auf dem Rücken, die Hände im Nacken, die Stirn im Schatten des Felsens, den Körper in der Sonne. Sein blauer Anzug dampfte in der Hitze. Ich war etwas überrascht. Für mich war die Geschichte erledigt, ich war ohne einen Gedanken an sie hierhergekommen.

Als er mich sah, richtete er sich ein bißchen auf und steckte die Hand in die Tasche. Ich griff natürlich nach Raymonds Revolver in der Rocktasche. Dann ließ er sich wieder zurücksinken, aber ohne die Hand aus der Tasche zu nehmen. Ich war noch ziemlich weit von ihm entfernt, etwa zehn Meter. Hin und wieder erriet ich seinen Blick durch seine halbgeschlossenen Lider. Aber meist tanzte sein Bild in der glühenden Luft vor mir. Das Klatschen der Wellen war noch träger, noch verhaltener als mittags. Es war dieselbe Sonne, dasselbe Licht auf demselben Sand, der sich hier weithin erstreckte. Schon seit zwei Stunden schien der Tag stillzustehen, seit zwei Stunden war er in einem Ozean aus kochendem Metall vor Anker gegangen. Am Horizont zog ein kleiner Dampfer vorbei, ich erriet seinen schwarzen Fleck am Rand meines Blickfeldes, denn ich hatte aufgehört, den Araber zu beobachten.

Ich dachte, ich brauchte nur eine halbe Wendung zu machen und alles wäre zu Ende. Aber mich drängte im Rücken ein vor Sonne bebender Strand. Ich machte ein paar Schritte auf die Quelle zu. Der Araber rührte sich nicht. Trotz allem war er noch ziemlich weit entfernt. Vielleicht waren die Schatten auf seinem Gesicht schuld daran, daß ich meinte, er lachte. Ich wartete. Sonnenbrand machte sich auf meinen Backen bemerkbar, und ich fühlte, wie die Schweißtropfen sich in meinen Brauen sammelten. Es war dieselbe Sonne wie an dem Tag, an dem ich Mama beerdigte, und wie damals tat mir besonders die Stirn weh, und alle Adern pochten gleichzeitig unter der Haut. Wegen dieses Brennens, das ich nicht mehr ertragen konnte, machte ich eine Bewegung nach vorn. Ich wußte, daß das dumm war, daß ich die Sonne nicht los würde, wenn ich einen Schritt weiter ginge. Aber ich tat einen Schritt, einen einzigen Schritt nach vorn. Und diesesmal zog der Araber, ohne aufzustehen, sein Messer und ließ es in der Sonne spielen. Licht sprang aus dem Stahl, und es war wie eine lange, funkelnde Klinge, die mich an der Stirn traf. Im selben Augenblick rann mir der Schweiß, der sich in meinen Brauen gesammelt hatte, auf die Lider und bedeckte sie mit einem lauen, dichten Schleier. Meine Augen waren hinter diesem Vorhang aus Tränen und Salz geblendet. Ich fühlte nur noch die Zymbeln der Sonne auf meiner Stirn und undeutlich das leuchtende Schwert, das dem Messer vor mir entsprang. Dieses glühende Schwert wühlte in meinen Wimpern und bohrte sich in meine schmerzenden Augen. Da geriet alles ins Wanken. Vom Meer kam ein starker, glühender Hauch. Mir war, als öffnete sich der Himmel in seiner ganzen Weite, um Feuer regnen zu lassen. Ich war ganz und gar angespannt, und meine Hand umkrallte den Revolver. Der Hahn löste sich, ich berührte den Kolben, und mit hartem, betäubendem Krachen nahm alles seinen Anfang. Ich schüttelte Schweiß und Sonne ab. Ich begriff, daß ich das Gleichgewicht des Tages, das ungewöhnliche Schweigen eines Strandes zerstört hatte, an dem ich glücklich gewesen war. Dann schoß ich noch viermal auf einen leblosen Körper, in den die Kugeln eindrangen, ohne daß man es sah. Und es waren gleichsam vier kurze Schläge an das Tor des Unheils.

ZWEITER TEIL

I

Gleich nach meiner Verhaftung wurde ich mehrmals vernommen. Aber es handelte sich nur um Fragen der Identität; das dauerte nicht lange. Anfänglich schien mein Fall niemandem beim Kommissariat zu interessieren. Doch acht Tage später musterte der Untersuchungsrichter mich neugierig. Aber er fragte mich vorläufig nur nach Adresse, Namen, Beruf, Geburtsdatum und Geburtsort. Dann wollte er wissen, ob ich mir einen Anwalt genommen habe. Ich verneinte und fragte ihn, ob es unbedingt nötig sei, einen Anwalt zu haben. «Wieso?» sagte er. Ich entgegnete, mein Fall liege doch denkbar einfach. Er erwiderte lächelnd: «Das ist Ihre Ansicht. Wir aber haben das Gesetz. Wenn Sie sich keinen Anwalt nehmen, bestimmen wir einen Offizialverteidiger.» Ich fand es sehr bequem, daß die Justiz sich mit diesen Einzelheiten befaßte. Das sagte ich ihm auch. Er stimmte mir zu und meinte, das Gesetz sei schon sehr gut.

Anfangs nahm ich ihn gar nicht ernst. Er empfing mich in einem Zimmer mit geschlossenen Vorhängen. Auf seinem Schreibtisch stand eine Lampe, deren Licht fiel auf den Sessel, in dem er mich Platz nehmen ließ, während er im Dunkeln blieb. Eine ähnliche Beschreibung hatte ich schon in Büchern gelesen, und alles kam mir wie ein Spiel vor. Aber nach unserer Unterhaltung betrachtete ich ihn und sah einen Mann mit feinen Zügen, tiefliegenden blauen Augen, groß, mit langem grauem Schnurrbart und üppigem, fast weißem Haar. Er schien mir sehr vernünftig und war mir trotz des nervösen Zuckens um den Mund im Grunde nicht unsympathisch. Beim Hinausgehen hätte ich ihm fast die Hand gegeben, aber mir fiel noch rechtzeitig ein, daß ich ja einen Menschen getötet hatte.

Am nächsten Tag besuchte mich ein Anwalt im Gefängnis. Er war klein und rundlich, ziemlich jung, mit sorgfältig gebürstetem Haar. Trotz der Hitze (ich war in Hemdsärmeln) trug er einen dunklen Anzug, einen Stehkragen und eine seltsame Krawatte mit breiten schwarzen und weißen Streifen. Er legte die Aktentasche, die er unter dem Arm trug, auf mein Bett, stellte sich vor und sagte, er habe meine Akte studiert. Der Fall sei heikel, aber er zweifle nicht am Erfolg, wenn ich nur Vertrauen zu ihm hätte. Ich dankte ihm, und er sagte: «Dann also los.»

Er setzte sich auf das Bett und erklärte mir, man habe über mein Privatleben Erkundigungen eingezogen. Man habe festgestellt, daß meine Mutter kürzlich im Altersheim gestorben sei. Dann habe man in Marengo nachgefragt. Die hiermit beauftragten Beamten hätten erfahren, daß ich am Tage von Mamas Beerdigung «Gefühllosigkeit» gezeigt hätte. «Sie können sich vorstellen, daß ich Sie nicht gern danach frage. Aber es ist sehr wichtig. Es wird ein starkes Argument für die Anklage sein, wenn ich dem nichts entgegenzuhalten habe.» Ich sollte ihm helfen. Er fragte mich, ob ich damals sehr traurig gewesen sei. Diese Frage verwunderte mich sehr, und es wollte mir scheinen, daß es mir sehr peinlich gewesen wäre, wenn ich sie hätte stellen müssen. Ich antwortete, daß ich mich nicht mehr viel beobachte und ihm deswegen kaum Auskunft geben könne. Natürlich mochte ich Mama sehr gern, aber das besagte ja nichts. Alle gesunden Menschen wünschten mehr oder weniger den Tod derer, die sie liebten. Hier unterbrach mich der Anwalt; er schien sehr erregt. Ich mußte ihm versprechen, so etwas nie wieder zu sagen, weder in der Verhandlung noch vor dem Untersuchungsrichter. Ich erklärte ihm, bei mir sei es nun einmal so, daß meine körperlichen Bedürfnisse oft meine Gefühle verdrängten. An dem Tag von Mamas Beerdigung sei ich so erschöpft und müde gewesen, daß ich mir über das, was geschah, keine Rechenschaft habe geben können. Eins aber könne ich mit Bestimmtheit sagen, daß es mir lieber gewesen wäre, Mama wäre nicht gestorben. Aber mein Anwalt schien nicht sonderlich zufrieden zu sein. Er sagte: «Das genügt nicht.»

Er überlegte. Er fragte mich, ober er sagen dürfe, ich hätte mich damals sehr zusammengenommen. Ich entgegnete: «Nein, das entspricht nicht der Wahrheit.» Er sah mich ganz seltsam an, als verabscheute er mich ein bißchen. Fast böse sagte er, auf alle Fälle würden der Direktor und das Personal des Heims als Zeugen vernommen werden, und das könnte «böse für mich ausgehen». Ich machte ihn darauf aufmerksam, daß das alles mit meinem Fall nichts zu tun habe, worauf er nur antwortete, offensichtlich hätte ich noch nie etwas mit dem Gericht zu tun gehabt.

Mit bösem Gesicht verließ er mich. Am liebsten hätte ich ihn zurückgehalten und ihm gesagt, daß mir viel an seiner Sympathie liege, nicht etwa, um besser verteidigt zu werden, sondern aus ganz natürlichen Gründen, wenn ich es so ausdrücken dürfe. Vor allem merkte ich, daß er mit mir nicht ganz einverstanden war. Er verstand mich nicht und war irgendwie böse auf mich. Ich hätte ihm gern versichert, daß ich genauso sei wie jeder andere, ganz genauso. Aber im Grunde genommen hatte das alles nicht viel Sinn, und aus Trägheit verzichtete ich darauf.

Bald danach wurde ich wieder dem Untersuchungsrichter vorgeführt. Es war zwei Uhr nachmittags, und dieses Mal war sein Zimmer voller Licht, das kaum durch einen Voile-Vorhang gedämpft wurde. Es war sehr heiß. Er ließ mich Platz nehmen und erklärte mir sehr höflich, mein Anwalt wäre «leider verhindert» und könnte nicht kommen. Aber ich hätte das Recht, seine Fragen nicht zu beantworten und zu warten, bis mein Anwalt mir beistehen könnte. Ich sagte, ich könne allein antworten. Er berührte mit dem Finger einen Knopf auf dem Schreibtisch. Ein junger Schreiber erschien und setzte sich fast genau hinter mich.

Wir machten es uns beide in unseren Sesseln bequem. Das Verhör begann. Er sagte mir, man halte mich für einen verschwiegenen und verschlossenen Menschen, und er wolle wissen, wie ich mich dazu stelle. Ich entgegnete: «Ich habe nie viel zu sagen. Da halte ich eben den Mund.» Er lächelte wie beim erstenmal, gab zu, daß das ein ganz ausgezeichneter Grund sei, und fügte hinzu: «Übrigens ist das auch ganz unwesentlich.» Dann schwieg er, sah mich an, richtete sich plötzlich auf und sagte rasch: «Was mich interessiert, das sind Sie.» Ich verstand nicht recht, was er damit meinte, und antwortete nicht. «An Ihnen ist etwas», fuhr er fort, «das ich nicht zu fassen bekomme. Sie werden mir sicherlich helfen, es zu begreifen.» Ich sagte, es sei doch alles ganz einfach. Er forderte mich auf, die Ereignisse jenes Tages zu schildern. Das tat ich, wie ich es schon einmal getan hatte: Raymond, der Strand, das Bad, der Streit, wieder der Strand, die kleine Quelle, die Sonne und die fünf Schüsse. Bei jedem Satz sagte er: «Gut, gut.» Als ich dann von der Leiche sprach, sagte er wieder zustimmend: «Gut.»

Ich war es leid, immer wieder dieselbe Geschichte zu erzählen, und glaubte, noch nie soviel geredet zu haben.

Nach kurzem Schweigen stand er auf und sagte, er wolle mir helfen, ich interessiere ihn, und mit Gottes Hilfe wolle er etwas für mich tun. Vorher aber wolle er mir noch ein paar Fragen stellen. Ganz unvermittelt fragte er mich, ob ich Mama liebe. Ich antwortete: «Ja, wie jeder andere auch», und der Schreiber, der sonst ganz regelmäßig Maschine schrieb, mußte sich in diesem Augenblick vertippt haben, denn er kam auf einmal nicht mehr mit. Anscheinend gegen alle Logik fragte der Richter mich dann, ob ich die fünf Schüsse gleich hintereinander abgegeben hätte. Ich überlegte und erklärte dann, ich hätte zuerst einen Schuß abgegeben und nach einigen Sekunden die vier anderen. «Weshalb haben Sie zwischen dem ersten und dem zweiten Schuß gewartet?» fragte er dann. Wieder sah ich den roten Strand, und ich spürte das Brennen der Sonne auf meiner Stirn. Aber dieses Mal antwortete ich nicht. Während des Schweigens, das darauf folgte, schien der Richter immer aufgeregter zu werden. Er setzte sich, wühlte in seinem Haar, stemmte die Ellbogen auf den Schreibtisch und beugte sich dann mit seltsamem Gesichtsausdruck zu mir: «Warum, warum haben Sie auf die Leiche am Boden geschossen?» Auch darauf wußte ich keine Antwort.

Der Richter strich sich mit den Händen über die Stirn und wiederholte seine Frage etwas lauter. «Warum? Das müssen Sie mir sagen! Warum?» Ich schwieg immer noch.

Plötzlich stand er auf, ging mit großen Schritten an das Ende seines Arbeitszimmers und öffnete die Schublade eines Aktenschrankes. Er holte ein silbernes Kruzifix heraus, das er mir dann vorhielt. Mit ganz veränderter, fast bebender Stimme rief er: «Kennen Sie den?» Ich sagte: «Ja, natürlich.» Dann sagte er hastig und leidenschaftlich, er glaube an Gott, seiner Überzeugung nach sei niemand so schuldig, daß Gott ihm nicht verzeihe, nur müsse dazu der Mensch durch seine Reue wie ein Kind werden, dessen Seele rein ist und bereit, alles aufzunehmen. Er neigte den Oberkörper weit über den Tisch. Er schwang das Kruzifix fast über mir. Offen gestanden war ich seinen Bekenntnissen sehr schlecht gefolgt – einmal, weil mir zu heiß war und dicke Fliegen in seinem Zimmer waren, die sich auf mein Gesicht setzten, und dann, weil ich etwas Angst vor ihm hatte. Außerdem fand ich das einfach lächerlich, weil schließlich ich der Verbrecher war. Aber er redete weiter. Allmählich wurde mir klar, daß seiner Meinung nach mein Geständnis nur einen dunklen Punkt enthielt: die Tatsache, daß ich mit dem zweiten Schuß etwas gezögert hatte. Alles andere war in Ordnung, nur das konnte er nicht verstehen.

Ich wollte ihm sagen, daß er nicht darauf bestehen sollte: dieser Punkt sei gar nicht so wichtig. Aber er schnitt mir das Wort ab, und zu seiner ganzen Länge aufgerichtet, ermahnte er mich zum letztenmal und fragte, ob ich an Gott glaube. Ich verneinte. Empört setzte er sich. Er sagte, das sei unmöglich, alle Menschen glaubten an Gott, auch die,

die sich von ihm abwandten. Das sei seine Überzeugung, und müßte er jemals daran zweifeln, dann hätte sein Leben keinen Sinn mehr. «Wollen Sie», schrie er, «daß mein Leben keinen Sinn hat?» Meiner Meinung nach ging mich das nichts an, und das sagte ich ihm auch. Aber über den Tisch hinweg hielt er mir schon wieder den Christus vor die Nase und schrie wie besessen: «Ich bin Christ. Ich bitte den hier um Vergebung deiner Sünden. Wie kannst du nicht glauben, daß er auch für dich gelitten hat?» Ich merkte, daß er mich duzte, und hatte nun genug. Die Hitze wurde immer ärger. Wie stets, wenn ich jemanden loswerden will, dem ich kaum zuhöre, tat ich so, als stimmte ich zu. Zu meiner Überraschung triumphierte er: «Siehst du, siehst du! Du glaubst also, und du wirst dich ihm anvertrauen?» Das habe ich wohl wieder verneint. Er ließ sich in den Sessel zurückfallen.

Er sah sehr müde aus. Er schwieg eine Weile, während die Maschine, die dem Gespräch gefolgt war, die letzten Sätze nachholte. Dann sah er mich aufmerksam und etwas traurig an. Er murmelte: «Noch nie habe ich einen so verstockten Menschen erlebt wie Sie. Die Verbrecher, die hier vor mir gestanden haben, sind vor diesem Bild des Schmerzes immer in Tränen ausgebrochen.» Ich wollte antworten: eben weil es sich um Verbrecher gehandelt habe. Aber mir fiel ein, daß ich ja auch einer war. Mit diesem Gedanken konnte ich nicht fertig werden. Dann stand der Richter auf, als wollte er mir zu verstehen geben, daß das Verhör beendet sei. Er fragte mich nur noch mit demselben etwas müden Gesicht, ob ich meine Tat bereue. Ich überlegte und sagte, daß ich eher als echte Reue eine gewisse Langeweile empfände. Ich hatte den Eindruck, daß er mich nicht verstand. Aber weiter geschah an diesem Tage nichts.

Später sah ich den Untersuchungsrichter oft wieder. Nur begleitete mich jedesmal mein Anwalt. Ich mußte mich bloß zu bestimmten Punkten meiner bisherigen Aussagen äußern. Oder der Richter besprach mit dem Anwalt das Belastungsmaterial. Aber in Wirklichkeit befaßten sie sich da niemals mit mir. Auf alle Fälle wurde der Ton der Verhöre langsam anders. Der Richter schien sich nicht mehr für mich zu interessieren und meinen Fall irgendwie eingeordnet zu haben. Er sprach nicht mehr von Gott, und ich erlebte bei ihm auch nicht mehr die Erregung jenes ersten Tages. Das Ergebnis war, daß unsere Unterhaltungen herzlicher wurden. Ein paar Fragen, ein kurzes Gespräch mit meinem Anwalt, und die Verhöre waren zu Ende. Meine Sache nahm «ihren Lauf», wie der Richter sich ausdrückte. Manchmal, wenn das Gespräch allgemeiner wurde, zog man mich hinein. Ich begann aufzuatmen. In jenen Stunden war niemand böse mit mir. Alles war so natürlich, so geregelt und wurde so sauber gespielt, daß ich den lächerlichen Eindruck hatte, «zur Familie zu gehören». Und nach den elf Monaten, die die Voruntersuchung dauerte, kann ich sagen, daß ich fast erstaunt war, mich jemals über etwas anderes gefreut zu haben als über die seltenen Augenblicke, wenn der Untersuchungsrichter mich an die Tür seines Zimmers geleitete, mir auf die Schulter klopfte und herzlich sagte: «Für heute sind wir fertig, Herr Antichrist.» Dann übergab man mich wieder den Gendarmen.

II

Es gibt Dinge, über die ich nie gern gesprochen habe. Als ich ins Gefängnis kam, war mir nach ein paar Tagen klar, daß ich über diesen Abschnitt meines Lebens nicht gern sprechen würde.

Später legte ich diesem Widerwillen keine Bedeutung mehr bei. Tatsächlich war ich während der ersten Tage nicht wirklich im Gefängnis: irgendwie wartete ich auf ein neues Ereignis. Erst nach dem ersten und einzigen Besuch Marias fing alles an. Von dem Tage an, als ich ihren Brief erhielt (sie schrieb mir, daß sie nicht mehr kommen dürfe, weil sie nicht meine Frau sei), von dem Tag an fühlte ich, daß ich in meiner Zelle zu Hause war und daß mein Leben hier stillstand. Am Tag meiner Verhaftung sperrte man mich zunächst in eine Zelle, in der schon mehrere Gefangene, in der Hauptsache Araber, steckten. Als sie mich sahen, lachten sie. Dann fragten sie mich, was ich verbrochen hätte. Ich sagte, ich hätte einen Araber getötet, und sie schwiegen. Aber eine Weile später brach der Abend herein. Sie zeigten mir, wie ich mit der Matte umgehen müsse, auf der ich schlafen sollte. Wenn man das eine Ende einrollte, bekam man eine Art Kopfkissen. Während der ganzen Nacht liefen mir Wanzen über das Gesicht. Ein paar Tage später wurde ich in eine Einzelzelle gebracht, dort schlief ich auf einer hölzernen Pritsche. In der Ecke standen der bekannte Eimer und ein eisernes Waschgestell. Das Gefängnis lag oben in der Stadt, und durch ein kleines Fenster konnte ich das Meer sehen. Als ich mich eines Tages an den Gitterstäben hochgezogen und mein Gesicht dem Licht zugewandt hatte, kam ein Wärter und sagte mir, ich hätte Besuch. Ich dachte, daß es Maria wäre. Sie war es auch.

Um das Sprechzimmer zu erreichen, mußte ich durch einen langen Gang, dann über eine Treppe und schließlich wieder durch einen Gang. Ich kam in einen sehr großen Saal, den ein breites Fenster erhellte. Der Saal war durch zwei große Längsgitter in drei Teile geteilt. Zwischen den beiden Gittern lag ein Raum von acht bis zehn Metern, der die Besucher von den Gefangenen trennte. Maria stand mir gegenüber in ihrem gestreiften Kleid, mit gebräuntem Gesicht. Auf meiner Seite standen etwa zehn Gefangene, meistens Araber. Maria war von Maurinnen umgeben und stand zwischen zwei Besucherinnen, einer kleinen, schwarz gekleideten Alten mit zusammengepreßten Lippen und einer dicken Frau mit bloßem Kopf, die laut gestikulierend sprach. Wegen der Entfernung zwischen den Gittern mußten Besucher und Gefangene sehr laut sprechen. Als ich in den Saal kam, schwindelte mir etwas bei dem Lärm der Stimmen, die sich an den hohen, kahlen Wänden brachen, und bei dem grellen Licht, das vom Himmel über die Scheiben floß und in den Saal zurückfiel. Meine Zelle war ruhiger und dunkler. Ich brauchte ein paar Sekunden, um mich daran zu gewöhnen. Schließlich aber erkannte ich jedes Gesicht, das sich in dem hellen Licht klar und deutlich abzeichnete. Am Ende des Ganges, zwischen den beiden Gittern, sah ich einen Wärter sitzen. Die meisten arabischen Gefangenen hatten sich, wie ihre Familien, auf den Boden gehockt. Sie schrien nicht. Trotz des Lärms brachten sie es fertig, sich leise zu verständigen. Ihr dumpfes Gemurmel da unten bildete gleichsam den Baß zu den Unterhaltungen, die über ihnen durcheinanderschwirrten. Das alles erkannte ich sehr schnell, während ich auf Maria zuging. Sie hatte sich schon ans Gitter gedrückt und lächelte angestrengt. Ich fand sie sehr schön, aber ich wußte es ihr nicht zu sagen.

«Nun?» sagte sie sehr laut. «Na ja.» – «Geht es dir gut? Hast du alles, was du brauchst?» – «Ja, alles.»

Dann schwiegen wir. Maria lächelte immer noch. Die dicke Frau brüllte zu meinem Nachbarn herüber, zweifellos ihrem Mann, einem großen, blonden Kerl mit offenem Gesicht. Es war die Fortsetzung eines bereits begonnenen Gesprächs.

«Jeanne wollte es nicht nehmen», schrie sie aus vollem Hals. «Ja, ja», sagte der Mann. «Ich hab ihr gesagt, du wirst es abholen, wenn du rauskommst, aber sie wollte es nicht nehmen.»

Maria schrie, Raymond lasse mich grüßen, und ich sagte: «Danke.» Aber meine Stimme wurde von meinem Nachbarn übertönt; der fragte, ob es gutgehe. Seine Frau antwortete lachend, es sei noch nie so gutgegangen. Mein Nachbar zur Linken, ein kleiner junger Mann mit zarten Händen, sagte nichts. Ich sah, daß er der kleinen Alten gegenüberstand und daß beide sich anstarrten. Aber ich hatte keine Zeit, sie länger zu beobachten, weil Maria mir zurief, ich solle weiter hoffen. Ich sagte: «Ja.» Dabei sah ich sie an und hatte nicht übel Lust, ihre Schulter zu berühren. Ich hatte Verlangen nach dem feinen Gewebe, daß sie bedeckte, und wußte nicht recht, was ich außer ihm erhoffen sollte. Aber das meinte Maria zweifellos, denn sie lächelte immer noch. Ich sah nur noch ihre Zähne und die Fältchen um ihre Augen. Da rief sie wieder: «Du kommst bald raus, und dann heiraten wir.» Ich entgegnete: «Meinst du?» Aber das sagte ich nur, um etwas zu sagen. Dann sagte sie sehr hastig und immer noch sehr laut «ja», und ich würde freigesprochen, und dann gingen wir wieder zum Baden. Aber die Frau neben ihr brüllte los und sagte, sie habe in der Schreibstube einen Korb abgegeben. Sie zählte auf, was darin war. Er sollte genau nachprüfen, denn das alles habe viel Geld gekostet. Mein junger Nachbar und seine Mutter starrten sich immer noch an. Das Gemurmel der Araber unter uns dauerte fort. Draußen schien das Licht sich gegen das Fenster zu blähen.

Mir war etwas schlecht, und ich wäre am liebsten gegangen. Der Lärm ging mir auf die Nerven. Aber andererseits wollte ich auf Marias Gegenwart nicht verzichten. Ich weiß nicht, wieviel Zeit noch verging. Maria erzählte von ihrer Arbeit und lächelte unaufhörlich. Das Murmeln, die Schreie, die Gespräche liefen durcheinander. Die einzige Insel des Schweigens waren neben mir der kleine junge Mann und die Alte, die einander anstarrten. Dann wurden die Araber nacheinander hinausgeführt. Fast alle schwiegen, als der erste den Saal verließ. Die kleine Alte näherte sich den Gitterstäben, und in demselben Augenblick gab der Wärter ihrem Sohn ein Zeichen. Er sagte: «Auf Wiedesehen, Mama», und sie streckte die Hand zwischen zwei Stäbe hindurch, um ihm ein kleines, langsames und lang anhaltendes Zeichen zu geben.

Sie ging, während ein Mann, den Hut in der Hand, ein-

trat und ihren Platz einnahm. Man führte einen Gefangenen in den Saal, und die beiden unterhielten sich lebhaft,
aber halblaut, weil es im Raum wieder still geworden war.
Man holte meinen Nachbarn zur Rechten, und seine Frau
sagte zu ihm, ohne die Stimme zu senken, als hätte sie gar
nicht bemerkt, daß sie nicht mehr zu schreien brauchte:
«Paß auf, daß dir nichts passiert.» Dann war ich an der
Reihe. Maria machte eine Bewegung, die eine Umarmung
andeuten sollte. Ich sah mich noch einmal nach ihr um. Sie
stand regungslos da, das Gesicht gegen das Gitter gepreßt,
mit dem gleichen gevierteilten, krampfhaften Lächeln.

Kurz darauf schrieb sie mir. Und nun begann das, wovon ich nie gern gesprochen habe. Man soll jedenfalls nichts
übertreiben, und das fiel mir leichter als den anderen. Zu
Beginn meiner Haft – und das war das Härteste – dachte
ich die Gedanken eines freien Menschen. So hatte ich zum
Beispiel das Verlangen, am Strand zu sein und zum Meer
hinunterzugehen. Wenn ich mir das erste Wellengeplät-
scher an meinen Füßen vorstellte oder wie mein Körper
ins Wasser glitt und welche Befreiung das für mich war,
dann kam mir plötzlich zum Bewußtsein, wie viel enger
meine Gefängnismauern geworden waren. Aber das dauerte nur ein paar Monate. Dann dachte ich nur die Gedanken eines Gefangenen. Ich wartete auf den täglichen Rund-
gang im Gefängnishof oder auf den Besuch meines Anwalts. Mit dem Rest meiner Zeit kam ich ganz gut zurecht.
Damals dachte ich oft: hätte ich in einem hohlen Baum-
stumpf hausen und nur immer den Himmel über mir betrachten müssen, ich hätte mich langsam auch daran gewöhnt. Ich hätte auf vorbeifliegende Vögel oder auf vor-

überziehende Wolken gewartet, wie ich hier auf die seltsamen Krawatten meines Anwalts und, in einer anderen Welt, geduldig auf den Samstag wartete, um Marias Körper in die Arme zu schließen. Nun war ich aber, genaugenommen, nicht in einem hohlen Baum. Es gab Unglücklichere als mich. Übrigens war das ein Gedanke von Mama; sie sagte immer wieder, am Ende gewöhne man sich an alles.

Im allgemeinen dachte ich gar nicht so weit. Die ersten Monate waren hart. Aber gerade die Anstrengung, die ich machen mußte, half mir, sie zu überwinden. So peinigte mich beispielsweise das Verlangen nach einer Frau. Das war natürlich, denn ich war jung. Ich dachte dabei nicht besonders an Maria. Aber ich dachte so sehr an eine Frau, an Frauen, an alle, die ich gekannt, an alle Umstände, unter denen ich sie geliebt hatte, daß meine Zelle sich mit lauter Gesichtern und mit all meinem Verlangen füllte. Einerseits brachte mich das aus dem Gleichgewicht. Andererseits aber vertrieb mir das die Zeit.

Ich hatte schließlich die Zuneigung des ersten Wärters gewonnen, der bei den Mahlzeiten den Küchenjungen begleitete. Er fing damit an, mit mir über Frauen zu sprechen. Er sagte, darüber klagten in erster Linie auch die anderen. Ich sagte, mir gehe es ebenso, und ich hielte eine solche Behandlung für sehr ungerecht. «Aber», sagte er, «deswegen sperrt man euch doch ein.» – «Wieso deswegen?» – «Das ist doch die Freiheit. Man nimmt euch die Freiheit.» Dieser Gedanke war mir noch gar nicht gekommen. Ich stimmte ihm zu: «Das ist richtig, sonst wäre es ja keine Strafe.» – «Ja, Sie verstehen die Dinge. Das tun

die anderen nicht. Schließlich befriedigen sie sich selbst.»
Dann ließ der Wärter mich allein.

Und dann die Zigaretten. Als ich ins Gefängnis einge-
liefert wurde, nahm man mir meinen Riemen, meine
Schnürbänder, meine Zigaretten und alles, was ich in den
Taschen hatte, vor allem die Zigaretten. Als ich in der Zelle
war, bat ich darum, sie mir wiederzugeben. Aber man
sagte mir, das sei verboten. Die ersten Tage waren sehr
schwer. Vielleicht hat mich das ganz besonders getroffen.
Ich kaute an Holzstückchen, die ich von der Pritsche riß.
Den ganzen Tag über hatte ich ein Gefühl von Übelkeit.
Ich begriff nicht, weshalb man mir etwas nahm, das kei-
nem schadete. Später begriff ich, daß auch das ein Teil der
Strafe war. Aber da hatte ich mich schon daran gewöhnt,
nicht mehr zu rauchen, und diese Strafe war für mich keine
Strafe mehr.

Abgesehen davon, ging es mir nicht gerade schlecht. Die
Hauptsache war immer wieder, die Zeit totzuschlagen. Sobald ich lernte, mich zu erinnern, kannte ich keine Langeweile mehr. Manchmal dachte ich an mein Zimmer, und in
der Phantasie ging ich von einer Ecke in die andere und
wieder zurück und zählte im Geiste alles auf, dem ich auf
diesem Weg begegnete. Anfangs war ich schnell damit fertig. Aber immer, wenn ich damit anfing, dauerte es etwas
länger. Denn ich erinnerte mich jedes Möbelstücks und jedes Gegenstandes, der sich darauf befand, und bei jedem
Gegenstand aller Einzelheiten und bei den Einzelheiten
wieder einer Einlegearbeit, eines Risses oder eines ausge-
brochenen Randes, ihrer Farbe und ihrer Struktur. Gleichzeitig versuchte ich, den Faden meiner Inventur nicht zu

verlieren und eine vollständige Aufstellung zu machen. So konnte ich nach ein paar Wochen ganze Stunden damit verbringen, das aufzuzählen, was sich in meinem Zimmer befand. Je mehr ich nachdachte, um so mehr verkannte und vergessene Dinge kramte ich aus meiner Erinnerung hervor. So erfuhr ich, daß ein Mensch, der nur einen einzigen Tag erlebt hat, mühelos hundert Jahre in einem Gefängnis leben könnte. Er hätte genug Erinnerungen, um sich nicht zu langweilen. In einer Hinsicht war das ein Vorteil.

Und dann der Schlaf. Zuerst schlief ich nachts schlecht und am Tage überhaupt nicht. Allmählich wurden meine Nächte besser, und ich konnte auch am Tage schlafen. Ich kann wohl sagen, daß ich während der letzten Monate sechzehn bis achtzehn Stunden täglich geschlafen habe. So brauchte ich nur noch sechs Stunden mit Mahlzeiten, natürlichen Bedürfnissen und Erinnerungen und mit der Geschichte des Tschechoslowaken totzuschlagen.

Zwischen Strohsack und Pritsche hatte ich nämlich ein altes Stück Zeitung gefunden, das fest an dem Stoff klebte und vergilbt und durchsichtig war. Es berichtete von einem Ereignis – der Anfang fehlte –, das sich in der Tschechoslowakei zugetragen haben mußte. Ein Mann hatte sein tschechisches Dorf verlassen, um sein Glück zu machen. Nach fünfundzwanzig Jahren war er als reicher Mann mit Frau und Kind zurückgekommen. Seine Mutter betrieb mit seiner Schwester in seinem Heimatdorf einen Gasthof. Um sie zu überraschen, hatte er Frau und Kind in einem anderen Gasthaus untergebracht und war zu seiner Mutter gegangen, die ihn nicht erkannte. Aus Jux verfiel er auf den Gedanken, in dem Gasthaus ein Zimmer zu mieten. Er hatte sein Geld gezeigt. In der Nacht hatten Mutter und Schwester ihn mit Hammerschlägen ermordet, um ihn auszurauben, und hatten die Leiche in den Fluß geworfen. Am Morgen war die Frau gekommen und hatte ganz ohne Absicht verraten, wer der Reisende war. Die Mutter hatte sich erhängt. Die Schwester hatte sich in einen Brunnen gestürzt. Ich las die Geschichte wohl tausendmal. Einerseits war sie unwahrscheinlich, andererseits aber ganz natürlich. Jedenfalls war ich der Meinung, daß der Reisende sein Los in gewisser Weise verdient hatte; denn solche Scherze macht man nicht.

So verging die Zeit mit stundenlangem Schlaf, mit Erinnerungen, mit der Lektüre dieser Geschichte und mit dem Wechsel von Hell und Dunkel. Ich hatte gelesen, daß man im Gefängnis schließlich jedes Gefühl für die Zeit verliert. Für mich traf das kaum zu. Ich begriff es nicht, bis zu welchem Grade diese Tage lang und kurz zugleich sein konnten. Zweifellos lang zu leben, aber derart in die Länge gezogen, daß sie schließlich ineinander übergriffen. Dabei verloren sie ihre Namen. Die Wörter «gestern» und «heute» waren die einzigen, die noch einen Sinn für mich hatten.

Als der Wärter mir eines Tages sagte, ich sei nun fünf Monate im Gefängnis, glaubte ich es, aber ich begriff es nicht. Für mich war es immer derselbe Tag, der in meine Zelle strömte, dieselbe Arbeit, der ich nachging. Als der Wärter an jenem Tag gegangen war, betrachtete ich mich in meinem Blechnapf. Ich hatte den Eindruck, als bliebe mein Bild ernst, obwohl ich ihm zuzulächeln versuchte. Ich bewegte es hin und her. Ich lächelte, aber es behielt den-

selben strengen, traurigen Ausdruck. Der Tag ging zu Ende, und es war die Stunde, von der ich nicht sprechen mag,
die namenlose Stunde, in welcher die Geräusche des Abends
aus allen Stockwerken des Gefängnisses in einem Trauer-
zug des Schweigens aufstiegen. Ich trat ans Fenster, und
im letzten Licht betrachtete ich noch einmal mein Bild. Es
war immer noch ernst, und das war gewiß nicht erstaun-
lich, denn in diesem Augenblick war ich wirklich ernst.
Aber zur gleichen Zeit und zum erstenmal seit Monaten
hörte ich deutlich den Klang meiner Stimme. Ich erkannte
sie als die wieder, die schon tagelang in meinem Ohr klang,
und ich begriff, daß ich die ganze Zeit über mit mir selbst
gesprochen hatte. Da erinnerte ich mich an das, was die
Schwester bei Mamas Beerdigung gesagt hatte. Nein, es
gab keinen Ausweg, und niemand kann sich vorstellen,
was die Abende im Gefängnis sind.

III

Ich kann sagen, daß es im Grunde sehr schnell wieder Sommer wurde. Ich wußte, mit der ersten Hitze würde für mich etwas Neues beginnen. Mein Fall sollte in der letzten Schwurgerichtsperiode verhandelt werden, und die endete mit dem Monat Juni. Die Verhandlung begann, während draußen hell die Sonne schien. Mein Anwalt hatte mir versichert, sie würde höchstens zwei bis drei Tage dauern. «Außerdem», hatte er hinzugefügt, «hat das Gericht es eilig, denn Ihr Fall ist nicht der wichtigste der Periode. Unmittelbar danach wird ein Vatermord verhandelt.»

Um halb acht Uhr morgens wurde ich abgeholt; der Gefangenenwagen brachte mich zum Gerichtsgebäude. Die beiden Gendarmen führten mich in ein kleines Zimmer, in dem es nach Dunkelheit roch. Wir warteten, in der Nähe einer Tür sitzend, hinter der Stimmen, Rufe, Stuhlrücken und das ganze Durcheinander zu hören waren, das mich an die Feste im Viertel erinnerte, bei denen nach dem Konzert der Saal zum Tanz ausgeräumt wird. Die Gendarmen sagten mir, wir müßten auf den Gerichtshof warten, und einer von ihnen bot mir eine Zigarette an, die ich ablehnte. Kurz darauf fragte er, ob ich «Manschetten» hätte. Ich verneinte. In gewisser Hinsicht interessierte es mich, einen Prozeß mitzuerleben. Dazu hatte ich bisher noch nie Gelegenheit gehabt. «Ja», sagte der zweite Gendarm, «aber auf die Dauer wird auch das langweilig.»

Kurz darauf läutete eine kleine Glocke im Zimmer. Sie nahmen mir die Handschellen ab. Sie öffneten die Tür und führten mich auf die Anklagebank. Der Saal war brechend voll. Trotz der Vorhänge drang die Sonne an manchen Stellen durch, und die Luft war bereits zum Ersticken. Man hatte die Fenster geschlossen gelassen. Ich setzte mich, von den Gendarmen flankiert. In diesem Augenblick sah ich eine Reihe Gesichter vor mir. Sie sahen mich alle an: ich begriff, das waren die Geschworenen. Aber was sie voneinander unterschied, kann ich nicht sagen. Ich hatte nur den einen Eindruck: ich stand vor der Bank einer Straßenbahn, und alle diese namenlosen Fahrgäste musterten den Neuankömmling, um etwas Lächerliches an ihm zu entdecken. Ich weiß wohl, daß das ein alberner Gedanke war, denn hier suchten sie nicht das Lächerliche, sondern das Verbrechen. Aber das ist wohl kein großer Unterschied, jedenfalls kam mir dieser Gedanke.

Ich war auch ein wenig verwirrt wegen all der Menschen in diesem geschlossenen Saal. Ich sah noch einmal in den Zuhörerraum, erkannte aber kein Gesicht. Ich glaube, es kam mir zunächst gar nicht zum Bewußtsein, daß alle diese Menschen nur hier waren, um mich zu sehen. Sonst beschäftigten sich die Menschen nicht mit mir. Es bedurfte einer Anstrengung, um zu begreifen, daß ich die Ursache all dieser Erregung war. Ich sagte zu dem Gendarmen: «Wieviel Leute!» Er antwortete: wegen der Zeitungen, und er zeigte dabei auf eine Gruppe in der Nähe des Tisches unterhalb der Geschworenenbank. Er sagte zu mir: «Das sind sie.» Ich fragte: «Wer?» Und er wiederholte: «Die Zeitungen.» Er kannte einen Journalisten, der ihn in diesem Augenblick sah und auf uns zukam. Es war ein recht betagter, sympathischer Mann, der immer ein biß-

84

chen grinste. Mit viel Herzlichkeit drückte er dem Gendarmen die Hand. In diesem Augenblick begriff ich, daß man sich hier traf, ansprach und unterhielt wie in einem Klub, wo man sich freut, wieder unter seinesgleichen zu sein. Das erklärte mir auch das seltsame Gefühl, als wäre ich hier ungelegen, gleichsam ein Eindringling. Aber der Journalist wandte sich lächelnd an mich. Er sagte, hoffentlich laufe alles gut für mich ab. Ich dankte ihm, und er fügte hinzu: «Wir haben Ihren Fall ziemlich groß aufgemacht. Der Sommer ist für die Zeitungen die Sauregurkenzeit. Nur Ihr Fall und der des Vatermörders sind halbwegs interessant.» Dann zeigte er mir in der Gruppe, die er verlassen hatte, einen kleinen Mann, der wie ein fettes Wiesel aussah. Er trug eine große schwarze Hornbrille. Der, sagte er, sei der Sonderberichterstatter einer Pariser Zeitung. «Ihretwegen ist er übrigens nicht gekommen. Er soll über den Vatermörder berichten, und da hat man ihn gebeten, gleich auch über Ihre Sache zu schreiben.» Beinahe hätte ich ihm wieder gedankt. Aber ich dachte, daß das wohl lächerlich wäre. Er winkte mir herzlich zu und verließ uns. Wir warteten noch ein paar Minuten.

Dann kam mein Anwalt, in Robe, von vielen Kollegen umgeben. Er ging auf die Journalisten zu und reichte ihnen die Hand. Sie scherzten, lachten und schienen sich sehr wohl zu fühlen, bis die Klingel im Zuhörerraum rasselte. Jeder begab sich auf seinen Platz. Mein Anwalt kam zu mir, drückte mir die Hand und riet mir, die an mich gerichteten Fragen kurz zu beantworten, keinerlei Initiative zu ergreifen und alles andere ihm zu überlassen.

Links von mir hörte ich das Rücken eines Stuhles, und

ich sah einen großen, hageren Mann in roter Robe. Er trug einen Kneifer und legte beim Niedersitzen sorgfältig die Falten seiner Robe zurecht. Es war der Staatsanwalt. Ein Gerichtsdiener meldete den Gerichtshof. Im selben Augenblick begannen zwei große Ventilatoren zu summen. Drei Richter, zwei in Schwarz, einer in Rot, betraten, Akten im Arm, den Saal und gingen rasch auf das Podium, das den Raum beherrschte. Der Mann in der roten Robe setzte sich auf den mittleren Sessel, legte sein Barett vor sich, wischte sich mit einem Taschentuch über den kleinen, kahlen Schädel und erklärte die Sitzung für eröffnet.

Die Journalisten hatten schon die Füllhalter gezückt. Sie machten alle das gleiche gelangweilte, etwas hochnäsige Gesicht. Nur einer, der viel jünger war als die anderen und einen grauen Flanellanzug und eine blaue Krawatte trug, hatte seinen Halter auf dem Tisch liegen lassen und sah mich an. In seinem etwas unregelmäßigen Gesicht sah ich nur zwei sehr helle Augen, die mich aufmerksam musterten, ohne etwas Bestimmtes zu verraten. Ich hatte den seltsamen Eindruck, als würde ich von mir selbst gemustert. Deswegen vielleicht und weil mir alles so fremd war, verstand ich nicht alles, was dann geschah, die Auslosung der Geschworenen, die Fragen des Vorsitzenden an den Anwalt, an den Staatsanwalt und an die Geschworenen (jedesmal wandten die Köpfe der Geschworenen sich gleichzeitig dem Gerichtshof zu), die schnelle Verlesung der Anklageschrift, bei der ich bekannte Orts- und Personennamen hörte, und wieder Fragen an meinen Anwalt.

Dann sagte der Vorsitzende, er wolle nun die Zeugen aufrufen. Der Gerichtsdiener verlas Namen, die meine

Aufmerksamkeit erregten. Aus dem eben noch Gestaltlosen dieses Publikums sah ich sie nacheinander aufstehen und durch die Seitentür verschwinden: den Direktor und den Pförtner des Altersheims, den alten Thomas Pérez, Raymond, Masson, Salamano, Maria. Sie machte mir ein kleines, angstvolles Zeichen. Ich wunderte mich noch, sie alle nicht früher gesehen zu haben, als sich der letzte Zeuge beim Aufruf seines Namens erhob – Céleste. Neben ihm erkannte ich die kleine Frau aus dem Restaurant, mit ihrem Jackett und dem klaren und entschlossenen Gesicht. Sie sah mich gespannt an. Aber ich hatte keine Zeit, darüber nachzudenken, denn der Vorsitzende ergriff das Wort. Er sagte, die eigentliche Verhandlung beginne jetzt und er halte es für unnötig, das Publikum zur Ruhe zu ermahnen. Er sei dazu da, unparteiisch die Behandlung eines Falles zu leiten, den er mit aller Objektivität betrachten wolle. Das von den Geschworenen gefällte Urteil werde im Sinne der Gerechtigkeit ausfallen, und er werde bei dem geringsten Vorkommnis den Saal räumen lassen.

Die Hitze wurde immer ärger, und ich sah, wie sich die Zuhörer im Saal mit Zeitungen Luft zufächelten. Das verursachte dauernd ein Geräusch, als würde Papier zerknittert. Der Vorsitzende gab ein Zeichen, und der Gerichtsdiener brachte drei strohgeflochtene Fächer, deren sich die drei Richter sofort bedienten.

Geich darauf begann mein Verhör. Der Vorsitzende fragte mich in aller Ruhe und, wie mir schien, mit einer gewissen Herzlichkeit. Wieder mußte ich meine Personalien herleiern, und trotz meines Ärgers dachte ich, daß das im Grunde ganz natürlich sei, denn es wäre doch furchtbar, wenn ein Falscher verurteilt würde. Dann begann der Vorsitzende den Hergang meiner Tat zu erzählen, wobei er mich nach jedem dritten Satz fragte: «Stimmt das?» Ich antwortete jedesmal: «Ja, Herr Präsident», wie es mein Anwalt empfohlen hatte. Das dauerte lange, weil der Vorsitzende peinlich genau vorging. Die Journalisten schrieben alles fleißig mit. Ich spürte die Blicke des jüngsten von ihnen. Die ganze Straßenbahnbank wandte sich dem Vorsitzenden zu. Der hustete, blätterte in seinen Akten, fächelte sich Luft zu und wandte sich dann wieder an mich.

Er sagte, er müsse jetzt einige Fragen stellen, die anscheinend mit der Sache selbst nichts zu tun hätten, für die Gesamtbeurteilung aber doch sehr wichtig seien. Ich wußte gleich, daß er von Mama sprechen würde, und fühlte, wie lästig mir das war. Er fragte mich, weshalb ich Mama in das Heim gebracht habe. Ich antwortete, weil ich nicht genug Geld hatte, um eine Pflegerin für sie zu halten. Er fragte mich, ob mir das schwergefallen sei, worauf ich zur Antwort gab, daß Mama und ich nichts mehr voneinander oder von einem anderen erwarteten und daß wir beide uns an unser neues Leben gewöhnt hätten. Der Vorsitzende meinte dann, er wolle diesen Punkt fallenlassen, und fragte den Staatsanwalt, ob er Fragen an mich zu stellen habe.

Der wandte mir halb den Rücken zu und, ohne mich anzusehen, erklärte er, mit Erlaubnis des Vorsitzenden möchte er gern wissen, ob ich in der Absicht, den Araber zu töten, allein zu der Quelle zurückgekehrt sei. «Nein», antwortete ich. «Aber weshalb war er denn bewaffnet und warum mußte er ausgerechnet dorthin zurückkehren?» Ich antwortete, es sei der reinste Zufall gewesen. Mit bösem

Unterton sagte der Staatsanwalt: «Das wäre vorläufig alles.» Dann ging alles ziemlich durcheinander, wenigstens für mein Gefühl. Nach kurzer Beratung erklärte der Vorsitzende die Verhandlung für unterbrochen und auf den Nachmittag vertagt; dann sollten die Zeugen vernommen werden.

Ich hatte keine Zeit zum Überlegen. Man führte mich ab, brachte mich in den Wagen und ins Gefängnis, wo ich zu essen bekam. Kurz darauf – ich war mir gerade klar darüber geworden, daß ich sehr abgespannt war – holte man mich wieder ab; alles fing von neuem an, und ich sah mich in demselben Saal, denselben Gesichtern gegenüber. Nur war die Hitze viel größer, und wie durch ein Wunder hatten die Geschworenen, mein Anwalt und einige Journalisten ebenfalls Strohfächer. Der junge Journalist und die kleine Frau waren immer noch da. Aber sie fächelten sich keine Luft zu. Sie sahen mich wieder an und redeten kein Wort.

Ich wischte mir den Schweiß vom Gesicht und wurde mir des Orts und meiner selbst erst wieder bewußt, als ich hörte, daß der Direktor des Altersheims aufgerufen wurde. Man fragte ihn, ob Mama sich über mich beklagt hätte. Das bejahte er, aber er fügte hinzu, daß seine Pensionäre sich immer über ihre Angehörigen beklagten. Der Vorsitzende wollte Genaueres wissen, ob sie mir einen Vorwurf daraus gemacht habe, daß ich sie ins Heim gebracht hatte, was der Direktor wieder bejahte. Aber diesmal fügte er nichts hinzu. Auf eine andere Frage antwortete er, meine Ruhe am Begräbnistag habe ihn überrascht. Man fragte ihn, was er unter «Ruhe» verstehe. Der Direktor betrachtete darauf seine Stiefelspitzen und sagte, ich hätte Mama

nicht noch einmal sehen wollen und sei gleich nach der Beerdigung weggegangen, ohne andächtig am Grab zu verweilen. Und noch etwas habe ihn überrascht: ein Angestell-
ter des Beerdigungsinstituts habe ihm gesagt, ich hätte
nicht gewußt, wie alt Mama war. Eine Weile herrschte
Schweigen, und der Vorsitzende fragte ihn, ob der Betref-
fende wirklich mich gemeint habe. Da der Direktor die
Frage nicht verstand, sagte er zu ihm: «So ist es Brauch.»
Dann fragte der Vorsitzende den Staatsanwalt, ob er ir-
gendwelche Fragen an den Zeugen zu stellen habe. Der
Staatsanwalt schrie: «O nein! Das genügt.» Er schrie so
laut und mit einem triumphierenden Blick zu mir hin, daß
ich zum erstenmal seit vielen Jahren ganz blöd hätte weinen mögen, weil ich fühlte, wie sehr diese Menschen mich
verabscheuten.

Nachdem der Vorsitzende die Geschworenen und meinen Anwalt gefragt hatte, ob sie noch Fragen zu stellen
hätten, vernahm er den Pförtner. Wie bei allen anderen
wiederholte sich auch bei ihm die gleiche Zeremonie. Als
der Pförtner vortrat, sah er mich an und wandte dann die
Augen ab. Er beantwortete die Fragen, die an ihn gerichtet wurden. Er sagte, ich hätte Mama nicht sehen wollen,
hätte geraucht und geschlafen und Milchkaffee getrunken.
Da fühlte ich, daß es wie Empörung durch den Saal ging,
und ich begriff zum erstenmal, daß ich schuldig war. Der
Pförtner mußte die Geschichte von dem Milchkaffee und
von der Zigarette wiederholen. Der Staatsanwalt funkelte
mich ironisch an. In diesem Augenblick fragte mein Anwalt
den Pförtner, ob er nicht mit mir zusammen geraucht habe.
Aber der Staatsanwalt protestierte heftig gegen diese Fra-

ge: «Wer ist hier der Verbrecher, und was sind das für Methoden, die die Zeugen der Anklage verunglimpfen, um Aussagen zu bagatellisieren, die deswegen nicht an Gewicht verlieren!» Trotzdem veranlaßte der Vorsitzende den Pförtner, die Frage zu beantworten. Der Alte sagte verlegen: «Ich weiß, daß es nicht recht war. Aber ich wagte es nicht, die Zigarette abzuschlagen, die der Herr mir anbot.» Schließlich wurde ich gefragt, ob ich nichts hinzuzufügen hätte. «Nichts», antwortete ich, «nur daß der Zeuge recht hat. Ich habe ihm eine Zigarette angeboten.» Der Pförtner sah mich ein wenig erstaunt und irgendwie dankbar an. Er zögerte, dann sagte er, den Milchkaffee habe er mir angeboten. Mein Anwalt triumphierte laut und meinte, die Herren Geschworenen würden diese Aussage schon richtig bewerten. Aber der Staatsanwalt donnerte über unsere Köpfe hinweg: «Ja, das werden die Herren Geschworenen bestimmt tun. Und sie werden zu dem Schluß kommen, daß wohl ein Fremder eine Tasse Kaffee anbieten konnte, daß aber der Sohn sie abschlagen mußte, als er an der Bahre derer stand, die ihm das Leben geschenkt hatte.» Der Pförtner ging an seinen Platz zurück.

Als Thomas Pérez aufgerufen wurde, mußte ein Gerichtsdiener ihn bis zum Zeugenstand begleiten. Pérez sagte, er habe vor allem meine Mutter gekannt und mich nur ein einziges Mal, am Tage des Begräbnisses, gesehen. Man fragte ihn, was ich an jenem Tage getan hätte, und er antwortete: «Ich war so bekümmert, daß ich nichts sah und hörte. Vor lauter Kummer sah ich nichts. Es war für mich ein sehr großer Kummer. Und dann bin ich auch noch ohnmächtig geworden. Da habe ich den Herrn nicht sehen können.» Der Staatsanwalt fragte ihn, ob er mich wenigstens habe weinen sehen. Das verneinte Pérez. Da sagte nun der Staatsanwalt: «Der Herren Geschworenen werden diese Aussage zu bewerten wissen.» Aber mein Anwalt wurde wütend. In einem Ton, der mir übertrieben vorkam, fragte er Pérez, ob er gesehen hätte, daß ich nicht geweint habe. Pérez sagte: «Nein.» Das Publikum lachte. Da schob mein Anwalt einen Ärmel seiner Robe hoch und sagte bestimmt: «So sieht dieser Prozeß aus. Alles ist wahr, und nichts ist wahr.» Der Staatsanwalt machte ein verschlossenes Gesicht und stach mit dem Bleistift in die Aufschrift seiner Akten.

Nach fünf Minuten Pause, während der mein Anwalt mir sagte, alles stehe zum Besten, wurde Céleste als Zeuge der Verteidigung vernommen. Als mein Zeuge. Ab und zu warf Céleste einen Blick auf mich und drehte seinen Panama in der Händen. Er hatte den neuen Anzug an, in dem er sonntags mit mir zum Rennen ging. Aber er war wohl mit dem Kragen nicht fertig geworden, weil nur ein Kupferknopf das Hemd vorne zusammenhielt. Man fragte ihn, ob ich sein Kunde sei, und er antwortete: «Ja, aber er ist auch mein Freund.» Was er über mich denke? Er antwortete, ich sei ein ganzer Kerl. Was er damit meine? Er sagte, das wisse doch jeder. Ob er nicht bemerkt habe, daß ich sehr verschlossen sei? Er gab zu, daß ich nicht spräche, wenn ich nichts zu sagen hätte. Der Rechtsanwalt fragte ihn, ob ich meine Pension regelmäßig bezahle. Céleste lachte und erklärte: «Das machen wir unter uns aus.» Dann fragte man ihn noch, wie er über mein Verbrechen denke. Er legte die Hände auf das Geländer des Zeugenstandes, und man sah, daß er etwas vorbereitet hatte. Er sagte: «Für mich ist es ein Unglück. Jeder weiß, was ein Unglück ist. Dagegen ist man machtlos. Ja, für mich ist es ein Unglück.» Er wollte weitersprechen, aber der Vorsitzende meinte, das genüge, und dankte ihm. Céleste war etwas verdutzt. Er erklärte, er hätte noch allerlei zu sagen. Man forderte ihn auf, sich kurz zu fassen. Er sagte noch einmal, daß es sich um ein Unglück handele. Der Vorsitzende erwiderte: «Ja, da haben Sie recht. Aber wir sind dazu da, über diese Art Unglück zu richten. Wir danken Ihnen.»

Céleste wandte sich mir zu, als wäre er mit seiner Weisheit und mit seinem guten Wissen am Ende. Es erschien mir, als ob seine Augen feucht schimmerten, und seine Lippen zitterten. Es sah so aus, als fragte er mich, was er noch für mich tun könne. Ich sagte nichts, ich machte auch keine Bewegung, aber zum erstenmal in meinem Leben hatte ich das Verlangen, einen Mann zu umarmen. Der Vorsitzende forderte ihn noch einmal auf, den Zeugenstand zu verlassen. Céleste begab sich wieder in den Zuschauerraum. Während der ganzen Verhandlung blieb er da, ein wenig nach vorn geneigt, die Ellbogen auf den Knien, den Panama in den Händen, und hörte genau zu, was gesagt wurde.

Dann kam Maria. Sie trug einen Hut und war immer noch schön. Aber ohne Hut mochte ich sie lieber. Von meinem Platz aus ahnte ich das leichte Gewicht ihrer Brüste, und ich erkannte ihre immer etwas geschwollene Unterlippe. Sie schien sehr nervös. Man fragte sie gleich, seit wann sie mich kenne. Sie nannte die Zeit, als sie bei uns arbeitete. Der Vorsitzende wollte Genaueres über unsere

Beziehungen wissen. Sie antwortete, sie sei meine Freundin. Auf eine andere Frage antwortete sie, es sei richtig, wir wollten heiraten. Der Staatsanwalt, der in seinen Akten blätterte, fragte sie plötzlich, seit wann wir miteinander befreundet seien. Sie nannte das Datum. Der Staatsanwalt stellte mit gleichgültigem Gesicht fest, das sei doch wohl der Tag nach Mamas Tod. Dann sagte er ziemlich ironisch, er möchte bei den delikaten Dingen nicht länger verweilen und verstehe durchaus Marias Skrupel, aber (hier wurde seine Stimme härter) es sei seine Pflicht, sich über alle Schicklichkeit hinwegzusetzen. Er forderte also Maria auf, den Tag, an dem ich sie kennenlernte, genau zu schildern. Maria wollte nicht sprechen, aber der Staatsanwalt drang derart in sie, daß sie schließlich über unser Bad, den Besuch im Kino und die Heimkehr zu mir berichtete. Der Staatsanwalt bemerkte, er habe auf Grund von Marias Aussagen vor dem Untersuchungsrichter die Kinoprogramme an dem fraglichen Tag durchgesehen. Er fügte hinzu, Maria solle nun selber sagen, welchen Film wir damals gesehen haben. Fast tonlos verriet sie, es sei ein Film mit Fernandel gewesen. Als sie mit ihrer Aussage fertig war, herrschte tiefe Stille im Saal. Sehr ernst erhob sich jetzt der Staatsanwalt, und mit einer Stimme, in der ich echte Erregung spürte, sagte er, wobei er mit dem Finger auf mich zeigte, langsam und deutlich: «Meine Herren Geschworenen, am Tage nach dem Tod seiner Mutter ging dieser Mann zum Baden, fing eine Liebschaft an und lachte im Kino über einen lustigen Film. Dem habe ich nichts hinzuzufügen.» Er setzte sich, im Saal herrschte immer noch tiefe Stille. Aber plötzlich schluchzte Maria auf und sagte, das sei es ja gar nicht, sondern etwas ganz anderes, man zwinge sie, das Gegenteil von dem zu sagen, was sie denke, sie kenne mich genau, und ich hätte nichts Böses getan. Aber auf ein Zeichen des Vorsitzenden führte ein Gerichtsdiener sie an ihren Platz, und die Verhandlung nahm ihren Fortgang.

Massons Aussagen wurden kaum beachtet. Er erklärte, ich sei ein anständiger, ja sogar netter Kerl. Man hörte ebensowenig zu, als Salamano erklärte, ich sei zu seinem Hund gut gewesen, und als er auf eine Frage über meine Mutter und mich zur Antwort gab, ich hätte Mama nichts mehr zu sagen gehabt und sie aus diesem Grunde ins Heim gebracht. «Man muß das verstehen», sagte Salamano, «nur richtig verstehen!» Aber niemand schien das zu verstehen. Man führte ihn an seinen Platz zurück.

Als letzter Zeuge wurde Raymond vernommen. Raymond nickte mir zu und sagte gleich, ich sei unschuldig. Aber der Vorsitzende meinte, er wolle von ihm keine Werturteile, sondern Tatsachen hören. Er forderte ihn auf, nur das zu beantworten, was er gefragt wurde. Er solle seine Beziehungen zu dem Opfer schildern. Raymond benutzte diese Gelegenheit, darauf hinzuweisen, daß das Opfer ihn mit seinem Haß verfolgte, seit er dessen Schwester verprügelt hatte. Der Vorsitzende fragte ihn, ob das Opfer nicht auch Grund gehabt hätte, mich zu hassen. Raymond erklärte, meine Anwesenheit am Strand sei rein zufällig gewesen. Der Staatsanwalt fragte ihn, wieso denn der Brief, mit dem das Drama begann, von mir geschrieben sei. Auch das erklärte Raymond als Zufall. Der Staatsanwalt meinte, der Zufall habe in dieser Geschichte schon allerlei auf dem Gewissen. Er wollte wissen, ob es auch

Zufall gewesen sei, daß ich nicht eingriff, als Raymond seine Geliebte verprügelte, ob meine Aussagen auf dem Kommissariat etwa auch zufällig gewesen seien, und ob es auch Zufall gewesen sei, daß meine Erklärungen damals sich als Gefälligkeit erwiesen hätten. Zum Schluß fragte er Raymond, wovon er lebe, und als dieser antwortete, er sei Magazinverwalter, erklärte der Staatsanwalt den Geschworenen, es sei allgemein bekannt, daß der Zeuge Zuhälter sei. Ich sei sein Komplice und sein Freund. Es handele sich um ein ganz gemeines Verbrechen, das durch die Tatsache, daß man es mit einem moralischen Ungeheuer zu tun habe, noch schwerer werde. Raymond wollte sich verteidigen, und mein Anwalt protestierte, aber man forderte beide auf, den Staatsanwalt nicht zu unterbrechen. Der sagte: «Ich habe nur wenig hinzuzufügen... War er Ihr Freund?» «Ja», antwortete dieser, «er war mein Kamerad!» Dann richtete der Staatsanwalt die gleiche Frage an mich. Ich sah Raymond an, der den Blick nicht von mir wandte. Ich antwortete: «Ja.» Der Staatsanwalt wandte sich dann den Geschworenen zu und erklärte: «Derselbe Mann, der sich am Tag nach dem Tod seiner Mutter der gemeinsten Ausschweifung hingab, hat aus nichtigen Gründen, nur um eine unqualifizierbare Schweinerei zu liquidieren, getötet.»

Dann setzte er sich. Aber mein Anwalt, der mit seiner Geduld am Ende war, rief mit erhobenen Armen, wobei die Ärmel seiner Robe verrutschten und die Falten seines gestärkten Hemdes sichtbar wurden: «Klagt man den Mann an, seine Mutter beerdigt oder einen Mann umgebracht zu haben?» Das Publikum lachte. Aber der Staatsanwalt erhob sich wieder, raffte seine Robe zusammen und erklärte, man müsse schon so harmlos wie der Herr Verteidiger sein, um nicht zu fühlen, daß zwischen diesen beiden Tatsachen eine tiefe, wesentliche Beziehung bestehe. «Ja», schrie er, «ich klage diesen Mann an, mit dem Herzen eines Verbrechers seine Mutter beerdigt zu haben.» Diese Worte schienen auf die Zuhörer tiefen Eindruck zu machen. Mein Anwalt zuckte mit den Schultern und wischte sich den Schweiß von der Stirn. Aber auch er schien erschüttert, und ich begriff, daß es gar nicht gut für mich stand.

Die Verhandlung wurde vertagt. Als ich das Gerichtsgebäude verließ und in den Wagen stieg, wurde ich einen kurzen Augenblick den Duft und die Farbe des Sommerabends gewahr. In der Dunkelheit meines fahrenden Gefängnisses fand ich, gleichsam auf dem Grund meiner Erschöpfung, nacheinander alle mir vertrauten Geräusche einer Stadt wieder, die ich liebte, und einer bestimmten Stunde, in der ich mich wohl fühlte. Die Rufe der Zeitungsverkäufer in der schon entspannten Luft, die letzten Vögel auf dem Platz, der Ruf der Brötchenhändler, das Ächzen der Straßenbahnen oben in den gewundenen Straßen der Stadt und der Lärm des Himmels, ehe die Nacht sich über den Hafen stülpt – das alles war für mich der Weg eines Blinden, den ich gut gekannt hatte, ehe ich ins Gefängnis kam. Ja, es war die Stunde, in der ich mich vor langer Zeit immer so wohl gefühlt hatte. Danach erwartete mich stets ein leichter, traumloser Schlaf. Und doch hatte sich etwas geändert, denn mit dem Warten auf den nächsten Tag fand ich meine Zelle wieder. Als könnten die vertrauten, auf den Sommerhimmel gezeichneten Wege genausogut in ein Gefängnis wie in unschuldigen Schlaf führen.

IV

Selbst auf einer Anklagebank ist es immer interessant, von sich sprechen zu hören. Ich kann wohl sagen, daß der Staatsanwalt und mein Anwalt in ihren Plädoyers viel von mir sprachen, vielleicht sogar mehr von mir als von meinem Verbrechen. Waren diese Plädoyers übrigens so grundverschieden? Der Anwalt hob die Arme und plädierte auf schuldig, aber unter mildernden Umständen. Der Staatsanwalt streckte die Hände aus, unterstrich die Schuld und ließ keine mildernen Umstände gelten. Nur etwas war mir irgendwie peinlich. Trotz meiner Zerstreutheit war ich manchmal versucht einzugreifen, und mein Anwalt sagte dann: «Schweigen Sie, das ist besser für Sie.» In gewisser Weise sah es so aus, als hätte die ganze Angelegenheit nichts mit mir zu tun. Alles geschah ohne mein Eingreifen. Mein Schicksal vollzog sich, ohne daß man sich um meine Meinung kümmerte. Ab und zu hatte ich Lust, jeden Redner zu unterbrechen und zu sagen: «Wer ist denn hier eigentlich der Angeklagte? Angeklagter zu sein, ist wichtig. Und ich habe allerhand zu sagen.» Aber bei genauer Überlegung hatte ich nichts zu sagen. Übrigens muß ich zugeben, daß das Interesse, andere für mich in Anspruch zu nehmen, nicht lange vorhält. Das Plädoyer des Staatsanwalts zum Beispiel hat mich sehr bald gelangweilt. Nur Bruchstücke, Gesten oder ganze, aus dem Zusammenhang gelöste Tiraden haben mich frappiert und mein Interesse geweckt.

Wenn ich ihn recht verstanden habe, ging er davon aus,

daß ich vorsätzlich getötet hätte. Jedenfalls versuchte er das zu beweisen. Er sprach das selber aus: «Ich werde den Beweis dafür erbringen, meine Herren, und zwar einen doppelten Beweis. Einmal im blendenden Licht der Tatsachen und dann im trüben Schein, den mir das Wesen dieses verbrecherischen Menschen liefert.» Er faßte alle Tatsachen seit Mamas Tod zusammen. Er erinnerte an meine Gefühllosigkeit, daran, daß ich Mamas Alter nicht gewußt hatte, an mein Bad am nächsten Tag mit einer Frau, an das Kino, an Fernandel und dann an die Nacht mit Maria. Ich begriff das erst nach einiger Zeit, denn er sagte «seine Geliebte», und für mich war sie doch Maria. Dann kam er auf die Geschichte mit Raymond zu sprechen. Ich muß zugeben, daß er die Ereignisse ganz klar sah. Ich hatte mit Raymond den Brief geschrieben, um dessen Geliebte ins Haus zu locken und sie der Mißhandlung durch einen Menschen «zweifelhafter Moral» auszuliefern. Ich hatte am Strand Raymonds Feinde provoziert. Raymond war verwundet worden. Ich hatte mir seinen Revolver geben lassen. Ich war allein zurückgegangen, um mich des Revolvers zu bedienen. Ich hatte den Araber niedergeschossen, wie ich es mir vorgenommen hatte. Ich hatte gewartet. Und um sicher zu sein, «ganze Arbeit geleistet zu haben», hatte ich noch vier Kugeln hinterhergejagt, kaltblütig und mit Überlegung. «Sehen Sie, meine Herren», sagte der Staatsanwalt, «ich habe der Reihe nach die Ereignisse aufgezählt, die diesen Menschen zu einem vorsätzlichen Mord veranlaßten. Das betone ich besonders. Denn es handelt sich nicht um einen gewöhnlichen Totschlag, nicht um eine unüberlegte Tat, für die man mildernde Umstände finden könnte. Dieser Mann, meine Herren, dieser Mann ist intelligent. Sie haben ihn doch selbst gehört. Er versteht, Antworten zu geben. Er weiß die Worte zu wägen. Man kann nicht sagen, er handelte, ohne sich über sein Tun im klaren zu sein.»

Ich hörte zu und vernahm, daß man mich für intelligent hielt. Aber ich begriff nicht recht, wie aus den Eigenschaften eines gewöhnlichen Menschen Belastungsmomente eines Schuldigen werden konnten. Das fiel mir besonders auf, und ich hörte dem Staatsanwalt erst wieder zu, als er sagte: «Hat er auch nur einen Schimmer von Reue gezeigt? Nie, meine Herren! Während der Voruntersuchung hat dieser Mensch kein einziges Mal seine furchtbare Tat bereut.» In diesem Augenblick wandte er sich mir zu, zeigte mit dem Finger auf mich und fuhr fort, mich zu beschimpfen; ich weiß eigentlich nicht, warum. Zweifellos mußte ich zugeben, daß er recht hatte. Was ich getan hatte, bereute ich kaum. Aber soviel Wut verwunderte mich. Am liebsten hätte ich versucht, ihm herzlich, ja liebevoll zu erklären, daß ich nie etwas richtig hätte bereuen können. Mich beschäftigte immer nur, was kam, heute oder morgen. Aber in der Lage, in die man mich versetzt hatte, konnte ich natürlich mit keinem so reden. Ich hatte nicht das Recht, mich liebevoll und gutwillig zu zeigen. Ich versuchte, weiter zuzuhören, weil der Staatsanwalt nun von meiner Seele zu reden begann.

Er sagte, er habe sich über sie gebeugt und nichts gefunden, meine Herren Geschworenen. Er sagte, ich besäße gar keine Seele, auch nichts Menschliches; keines der normalen Prinzipien, die das Herz des Menschen behüten, sei mir

geläufig. «Zweifellos können wir ihm keinen Vorwurf daraus machen. Wir können uns nicht darüber beklagen, daß
er das nicht hat, was er gar nicht erwerben kann. Aber bei
diesem Gericht muß sich die negative Tugend der Duld-
samkeit in die weniger leichte, aber höhere Tugend der
Gerechtigkeit verwandeln. Vor allem, wenn die Leere des
Herzens, wie sie bei diesem Menschen anzutreffen ist, ein
Abgrund wird, in den die Gesellschaft stürzen kann.»

Dann sprach er von meinem Verhalten Mama gegenüber. Er wiederholte, was er schon während der Verhandlung gesagt hatte. Nur war er hier viel ausführlicher als bei
seinen Auslassungen zu meinem Verbrechen, so ausführ-
lich, daß ich schließlich nur noch die Hitze dieses Vormittags spürte. Wenigstens bis zu dem Augenblick, als der
Staatsanwalt eine Pause machte, um dann mit leiser, eindringlicher Stimme fortzufahren: «Dieses selbe Gericht,
meine Herren, wird morgen das schlimmste Verbrechen ab-
urteilen: einen Vatermord!» Seiner Meinung nach schreckte
schon die Phantasie vor diesem grauenhaften Verbrechen
zurück. Er wagte zu hoffen, daß die menschliche Gerechtigkeit ohne falsche Rücksichtnahme strafen werde. Aber
er scheute sich nicht zu sagen: das Entsetzen, das dieses
Verbrechen ihm verursachte, sei fast geringer als das, welches er vor meiner Gefühllosigkeit empfinde. Seiner Meinung nach stellte sich ein Mann, der seine Mutter moralisch
tötete, genauso außerhalb der menschlichen Gesellschaft
wie derjenige, welcher die mörderische Hand gegen seinen Erzeuger erhebe. Jedenfalls sei das eine die Vorberei-
tung auf das andere, es künde sie gewissermaßen an und
legitimiere sie. «Ich bin davon überzeugt, meine Herren»,

fügte er mit erhobener Stimme hinzu, «daß Sie mich nicht zu kühn finden, wenn ich sage: der Mann, der hier auf der Anklagebank sitzt, ist auch des Mordes schuldig, über den dieses Gericht zu befinden hat. Er muß dementsprechend bestraft werden.»

In diesem Augenblick wischte sich der Staatsanwalt das schweißtriefende Gesicht ab. Schließlich sagte er noch, seine Pflicht sei sehr schmerzlich, aber er werde sie vorbehaltlos tun. Er sagte, ich habe nichts mit einer Gesellschaft gemein, deren wesentlichste Grundsätze ich mißachte, und ich könne nicht an das menschliche Herz appellieren, dessen elementare Reaktionen mir fremd seien. «Ich fordere von Ihnen den Kopf dieses Mannes», sagte er, «und ich fordere ihn leichten Herzens. Wenn ich während meiner langen Laufbahn die Todesstrafe fordern mußte, habe ich noch nie so wie heute die Empfindung gehabt, daß diese peinliche Pflicht ausgeglichen, ausgewogen und erleuchtet wurde durch das Bewußtsein eines gebieterischen und heiligen Befehls, durch den Abscheu vor einem Menschenantlitz, in dem ich nur Grauenhaftes lese.»

Als der Staatsanwalt sich setzte, herrschte ziemlich lange Stille. Ich war vor Hitze und Staunen wie benommen. Der Vorsitzende hüstelte und fragte mich leise, ob ich dazu etwas zu sagen hätte. Ich stand auf, und da ich Lust zum Sprechen hatte, sagte ich, übrigens ganz unvorbereitet, ich hätte nicht die Absicht gehabt, den Araber zu töten. Der Vorsitzende entgegnete, das sei eine Behauptung, bisher habe er meine Verteidigungstaktik nicht verstanden; er würde sich freuen, wenn ich vor der Rede meines Anwalts die Motive meiner Tat erläutern wollte. Ich antwortete hastig, wobei ich die Worte etwas durcheinander brachte und mir lächerlich vorkam, die Schuld an allem hätte die Sonne. Im Saal fing man an zu lachen. Mein Anwalt zuckte mit den Schultern, und gleich darauf wurde ihm das Wort erteilt. Aber er erklärte, es sei schon zu spät, er habe nämlich mehrere Stunden zu sprechen. Er beantragte Vertagung auf den Nachmittag. Das Gericht stimmte dem Antrag zu.

Am Nachmittag wirbelten die großen Ventilatoren die dicke Luft im Saal durcheinander, und die kleinen, bunten Fächer der Geschworenen bewegten sich alle im gleichen Takt. Ich hatte das Gefühl, das Plädoyer meines Anwalts werde nie ein Ende nehmen. Einmal hörte ich zu – nämlich, als er sagte: «Das stimmt, ich habe getötet.» Dann fuhr er in derselben Tonart fort und sagte jedesmal, wenn er von mir sprach – «ich». Darüber war ich sehr erstaunt. Ich neigte mich zu einem der Gendarmen und fragte ihn nach dem Grund. Er sagte, ich solle den Mund halten, aber einen Augenblick später fügte er hinzu: «Das tun alle Anwälte.» Ich dachte, daß ich auf diese Weise noch mehr aus der Geschichte herausgenommen und eine Null wurde, ja – daß man gleichsam einen anderen an meine Stelle setzte. Aber ich glaube, ich war schon weit von diesem Gerichtssaal entfernt. Außerdem fand ich meinen Anwalt lächerlich. Die Provokation tat er sehr schnell ab, und dann sprach er von meiner Seele. Aber er schien mir bei weitem nicht das Talent des Staatsanwaltes zu haben. «Auch ich», sagte er, «habe mich über diese Seele gebeugt, aber im Gegensatz zu dem hervorragenden Vertreter der Anklage habe ich etwas gefunden: ich kann sagen, daß ich in ihr wie in einem aufgeschlagenen Buch gelesen habe.» Er hatte in ihr gelesen, daß ich ein anständiger Mensch war, der fleißig, unermüdlich und treu seiner Firma diente, geliebt von allen und voller Mitleid für die Notleidenden. Für ihn war ich ein Mustersohn, der seine Mutter unterstützt hatte, solange er dazu in der Lage war. Dann hatte ich geglaubt, ein Heim werde der alten Frau die Behaglichkeit bieten, die ich ihr mit meinen Mitteln nicht verschaffen konnte. «Ich wundere mich, meine Herren», fügte er hinzu, «daß hier soviel von diesem Heim geredet wurde. Wenn es eines Beweises für die Nützlichkeit und Größe dieser Institutionen bedürfte, brauchte man nur darauf hinzuweisen, daß der Staat selber sie unterstützt.» Von der Beerdigung sagte er kein Wort, und ich empfand das als eine Lücke seines Plädoyers. Aber alle diesen langen Sätze, diese endlosen Tage und Stunden, die man von meiner Seele gesprochen hatte, hinterließen bei mir den Eindruck, daß alles farbloses Wasser wurde, in dem mir schwindelte.

Ich erinnere mich nur noch, daß während der langen Rede meines Anwalts von der Straße her durch alle Säle und Hallen die Trompete eines Eishändlers zu mir drang. Mich bedrängten Erinnerungen an ein Leben, das schon nicht mehr mir gehörte, in dem ich aber die armseligsten und hartnäckigsten Freuden gefunden hatte: Sommerdüfte, das Viertel, das ich liebte, einen bestimmten Abendhimmel, Marias Lachen und ihre Kleider. Mich überkam die ganze Nutzlosigkeit dessen, was hier geschah, und ich wünschte sehnlichst nur eins: daß man hier Schluß machte und ich wieder in meiner Zelle wäre und schliefe. Ich hörte kaum, als der Anwalt gegen Ende rief, die Geschworenen könnten einen anständigen Arbeiter, der eine Minute lang die Herrschaft über sich verlor, nicht in den Tod schicken, und für ein Verbrechen, das ich – und das wäre die sicherste Strafe für mich – ewig bereuen würde, mildernde Umstände verlangte. Die Sitzung wurde unterbrochen, und der Anwalt sank erschöpft auf seinen Sessel. Seine Kollegen kamen zu ihm und schüttelten ihm die Hand. Ich hörte: «Ganz hervorragend.» Einer rief mich sogar als Zeugen an: «Na, was sagen Sie dazu?» Ich stimmte zu, aber mein Kompliment war nicht aufrichtig, weil ich zu müde war.

Draußen sank der Tag, und die Hitze war nicht mehr so arg. Die wenigen Geräusche der Straße, die ich hörte, ließen mich ahnen, wie mild der Abend war. Wir warteten alle. Und was wir alle erwarteten, ging nur mich an. Ich ließ noch einmal meine Blicke durch den Saal schweifen. Alles war wie am ersten Tag. Ich begegnete dem Blick des Journalisten in dem grauen Jackett und dem der alten Frau. Dabei fiel mir ein, daß ich während des ganzen Prozesses Maria kein einziges Mal mit den Augen gesucht hatte. Ich hatte sie nicht vergessen, aber ich hatte zuviel zu tun. Ich sah sie zwischen Céleste und Raymond. Sie gab mir ein kleines Zeichen, als wollte sie sagen: «Endlich», und ich sah ein Lächeln auf ihrem etwas ängstlichen Gesicht. Aber ich fühlte, daß mein Herz verschlossen war, ich konnte ihr Lächeln nicht erwidern.

Der Gerichtshof kehrte zurück. Hastig las man den Geschworenen eine Reihe von Fragen vor. Ich hörte: «des Mordes schuldig» – «Herausforderung» – «mildernde Umstände». Die Geschworenen verließen den Saal, und ich wurde in das kleine Zimmer geführt, in dem ich schon einmal gewartet hatte. Mein Anwalt folgte mir: er war sehr gesprächig und redete viel zuversichtlicher und herzlicher als sonst. Er meinte, es würde alles gutgehen und ich käme mit ein paar Jahren Gefängnis oder Zwangsarbeit davon. Ich fragte ihn, ob bei einem ungünstigen Urteil die Möglichkeit einer Kassation bestehe. Das verneinte er. Seine Taktik sei es gewesen, keine Schlüsse zu ziehen, um die Geschworenen nicht von vornherein zu verärgern. Er erklärte, daß man ein Urteil nicht so ohne weiteres kassiere. Das leuchtete mir ein, und ich fand mich damit ab. Wenn man die Sache nüchtern betrachtete, war das ganz natürlich. Sonst hätte es zuviel nutzlose Schreiberei gegeben. «Auf alle Fälle haben wir noch das Gnadengesuch», sagte mein Anwalt. «Aber ich rechne mit einem günstigen Ausgang.»

Wir haben sehr lange gewartet, wohl mindestens drei Viertelstunden. Dann rasselte eine Klingel. Mein Anwalt verließ mich mit den Worten: «Der Obmann der Geschworenen verliest jetzt die Antworten. Sie werden erst zur Urteilsverkündung geholt.» Türen wurden zugeschlagen. Leute liefen über Treppen, von denen ich nicht wußte, ob sie nahe oder weit weg lagen. Dann hörte ich eine dumpfe Stimme im Saal etwas vorlesen. Als die Klingel wieder rasselte und die Tür zur Anklagebank aufging, türmte sich die Stille des Saales vor mir auf, Stille und dazu das seltsame Gefühl, das mich überkam, als ich feststellte, daß der junge Journalist die Augen abgewandt hatte. Ich sah nicht zu Maria hin. Dazu hatte ich keine Zeit, denn der Vorsitzende sagte zu mir in seltsamer Form, daß man mir im Namen des französischen Volkes auf öffentlichem Platz den Kopf abschlagen werde. Dann glaubte ich das Gefühl zu erkennen, das ich auf allen Gesichtern las. Es war wohl Hochachtung. Die Gendarmen waren sehr nett zu mir. Der Anwalt faßte mein Handgelenk. Ich dachte an nichts mehr. Aber der Vorsitzende fragte mich, ob ich noch etwas zu sagen hätte. Ich überlegte. Ich sagte: «Nein.» Dann wurde ich abgeführt.

V

Zum drittenmal habe ich mich geweigert, den Geistlichen zu empfangen. Ich habe ihm nichts zu sagen, ich habe keine Lust zu sprechen, ich werde ihn noch früh genug sehen. In diesem Augenblick interessiert mich nur eins: wie entgehe ich dem Fallbeil, gibt es einen Ausweg aus dem Unabänderlichen? Ich habe jetzt eine andere Zelle. Hier sehe ich, wenn ich liege, den Himmel, und ich sehe nur ihn. Alle meine Tage verbringe ich damit, in seinem Gesicht das Schwinden der Farben beim Übergang vom Tag zur Nacht zu beobachten. Wenn ich liege, lege ich die Hände unter den Kopf und warte. Ich weiß nicht, wie oft ich mich gefragt habe, ob es schon zum Tode Verurteilte gegeben hat, die der unversöhnlichen Maschine entkamen, vor der Hinrichtung verschwanden und die Polizeikette durchbrachen. Dann warf ich mir vor, den Hinrichtungsberichten nicht genügend Aufmerksamkeit geschenkt zu haben. Für dergleichen sollte man sich immer interessieren. Man weiß nie, was passieren kann. Wie jeder andere hatte ich darüber in den Zeitungen gelesen. Aber es gab doch sicher Spezialwerke, auf die ich niemals neugierig gewesen war. In ihnen hätte ich vielleicht etwas über Ausbrüche aus Gefängnissen gefunden. Vielleicht hätte ich erfahren, daß wenigstens in einem Fall das Rad zum Stehen gebracht worden war, daß bei dieser unwiderstehlichen Überstürzung Zufall und Glück ein einziges Mal etwas geändert hatten. Irgendwie hätte mir das wohl genügt. Mein Mut hätte dann das andere erledigt. Die Zeitungen sprachen oft von einer

Schuld der Gesellschaft gegenüber. Von einer Schuld, die beglichen werden müsse. Aber das spricht die Phantasie nicht an. Wichtig war nur eine Möglichkeit des Entkommens, ein Sprung aus dem unversöhnlichen Ritus hinaus, ein rasendes Davonlaufen, das alle Chancen böte. Natürlich auch die Chance, an einer Straßenecke mitten im Lauf von einer Kugel niedergestreckt zu werden. Aber wenn ich alles genau überlegte, erlaubte nichts mir diesen Luxus, alles versagte ihn mir, und das Fallbeil hatte mich wieder.

Trotz meines guten Willens konnte ich mich mit dieser unverschämten Gewißheit nicht abfinden. Denn es bestand ein lächerliches Mißverhältnis zwischen dem Urteil, das sie herbeigeführt hatte, und ihrem unerschütterlichen Lauf seit der Urteilsverkündung. Die Tatsache, daß das Urteil um zwanzig statt um siebzehn Uhr verlesen worden war, die Tatsache, daß es ganz anders hätte ausfallen können, daß es von Menschen gefällt worden war, die das Hemd wechseln, daß es im Namen eines vagen Begriffs, des französischen (deutschen oder chinesischen) Volkes erlassen worden war – das alles schien mir einer solchen Entscheidung viel von ihrem Ernst zu nehmen. Trotzdem mußte ich anerkennen, daß seit der Sekunde, in der sie gefällt worden war, ihre Auswirkungen ebenso gewiß, ebenso ernst wurden wie das Vorhandensein dieser Mauer, an der ich mir den Schädel einrannte.

In diesem Augenblick fiel mir eine Geschichte ein, die Mama mir über meinen Vater erzählte. Ich hatte ihn nicht gekannt. Das einzig Zuverlässige, das ich über den Mann wußte, war vielleicht das, was Mama mir damals erzählte: er hatte der Hinrichtung eines Mörders beigewohnt. Der

Gedanke, daß er das mit ansehen mußte, machte ihn ganz krank. Er tat es trotzdem und mußte sich dann zu Hause den halben Vormittag lang übergeben. Damals ekelte mich etwas vor meinem Vater. Jetzt verstand ich ihn: das war ja so natürlich. Wie konnte ich nur nicht einsehen, daß nichts so wichtig ist wie eine Hinrichtung, ja – daß sie in gewisser Hinsicht das einzig Interessante für einen Menschen ist! Sollte ich jemals aus diesem Gefängnis herauskommen, würde ich zu jeder Hinrichtung gehen. Es war gewiß nicht recht, an diese Möglichkeit zu denken. Denn bei der Vorstellung, daß ich eines frühen Morgens frei hinter der Polizeikette, irgendwie auf der anderen Seite stehe, bei der Vorstellung, ein Zuschauer zu sein, der sich hinterher übergibt, füllte sich mein Herz mit vergifteter Freude. Aber das war gegen alle Vernunft. Es war falsch von mir, mich solchen Vermutungen hinzugeben, denn im nächsten Augenblick packte mich eine so fürchterliche Eiseskälte, daß ich mich unter meiner Decke zusammenrollte. Ich klapperte unwillkürlich mit den Zähnen.

Aber man kann natürlich nicht immer vernünftig sein. Dann wieder machte ich Gesetzesvorschläge. Ich reformierte den Strafvollzug. Ich hatte erkannt, daß es vor allem darauf ankam, dem Verurteilten eine Chance zu geben. Eine unter tausend – das genügte, um alles ins Lot zu bringen. So war ich der Meinung, man sollte ein chemisches Präparat erfinden, das den Patienten (ich dachte wirklich: Patienten) in neun von zehn Fällen tötete. Unter der Bedingung, daß er es wußte. Wenn ich alles genau überlegte und in Ruhe bedachte, sagte ich mir: das Mangelhafte am Fallbeil war, daß es dem Verurteilten keine, aber auch gar keine Chance ließ. Der Tod des Patienten war ein für allemal beschlossen. Er war eine erledigte Angelegenheit, eine genau abgestimmte Berechnung, an der es nichts mehr zu deuteln gab. Und wenn der Schlag zufällig nicht klappte, dann wurde er eben wiederholt. Das Ärgerliche dabei war also, daß der Verurteilte das gute Funktionieren der Maschine wünschen mußte. Und da eben liegt der Fehler. In einer Hinsicht ist das richtig. Andererseits aber mußte ich zugeben, daß hierin das ganze Geheimnis einer guten Organisation lag. Im Grunde genommen mußte der Verurteilte moralisch mitarbeiten. In seinem Interesse lag es, daß alles reibungslos verlief.

Ich mußte auch feststellen, daß ich bisher über diese Fragen Vorstellungen gehabt hatte, die nicht richtig waren. Ich hatte lange geglaubt – warum, das weiß ich nicht –, man müßte, wenn man zur Guillotine will, die Stufen zu einem Podest hochgehen. Das hing wohl mit der Revolution von 1789 zusammen, ich meine, mit allem, was ich über diese Fragen gelernt oder gelesen hatte. Aber eines Morgens erinnerte ich mich einer Fotografie, welche die Zeitungen anläßlich einer aufsehenerregenden Hinrichtung veröffentlicht hatten. In Wirklichkeit stand die Maschine auf ebener Erde, ganz einfach auf ebener Erde. Sie war viel schmaler, als ich angenommen hatte. Komisch, daß ich nicht früher daran gedacht habe. Die Maschine auf der Abbildung hatte mir mit ihrer blitzgescheiten Präzision imponiert.

Man macht sich immer übertriebene Vorstellungen von dem, was man nicht kennt. Ich mußte im Gegenteil feststellen, daß alles sehr einfach war: die Maschine steht auf gleicher Ebene wie der Mensch, der auf sie zugeht. Er erreicht sie, als ginge er jemandem entgegen. Das war nun wieder langweilig. Das Besteigen des Schafotts, der Aufstieg in den Himmel – damit konnte die Phantasie etwas anfangen. Und das Fallbeil machte alles zunichte: man wurde diskret mit ein wenig Schande und viel Präzision ins Jenseits befördert.

Und dann dachte ich noch an zweierlei: an das Morgenrot und an mein Gnadengesuch. Aber ich machte mir deswegen Vorhaltungen und versuchte, nicht mehr daran zu denken. Ich streckte mich aus, betrachtete den Himmel und bemühte mich, nur an ihn zu denken. Er wurde grün, es war Abend. Ich machte noch eine Anstrengung, meinen Gedanken eine andere Richtung zu geben. Ich lauschte auf mein Herz. Ich konnte mir gar nicht vorstellen, daß dieses Geräusch, das mich schon so lange begleitete, jemals aufhören könnte. Ich habe nie wirklich viel Phantasie gehabt. Trotzdem versuchte ich, mir eine bestimmte Sekunde vorzustellen, in der das Schlagen dieses Herzens in meinem Schädel nicht mehr weiterging. Umsonst. Das Morgenrot und mein Gnadengesuch waren noch da. Schließlich sagte ich mir, das Vernünftigste wäre, mich zu nichts zu zwingen.

Ich wußte, daß sie mit der Morgenröte kamen. Alles in allem habe ich meine Nächte mit dem Warten auf dieses Morgenrot zugebracht. Ich habe mich nie gern überraschen lassen. Wenn etwas kommt, bin ich gern vorbereitet. Deshalb habe ich tagsüber nur noch wenig geschlafen und während meiner Nächte geduldig gewartet, bis sich das Licht am Himmelsfenster zeigte. Am schwierigsten war die

Dämmerstunde, in der sie, wie ich wußte, meist ihre Arbeit verrichteten. Wenn Mitternacht vorbei war, wartete und lauschte ich. Noch nie hatte mein Ohr so viele Geräusche vernommen, so zarte Laute unterschieden. Ich kann übrigens sagen, daß ich in gewisser Hinsicht diese ganze Zeit über Glück hatte, denn ich hörte niemals Schritte. Mama sagte immer, man sei nie ganz unglücklich. Dem stimmte ich in meinem Gefängnis zu, wenn der Himmel sich färbte und ein neuer Tag in meine Zelle glitt. Denn ebensogut hätte ich Schritte hören, hätte das Herz mir brechen können. Selbst wenn das geringste Gleitgeräusch mich an die Tür trieb, wenn ich, das Ohr gegen das Holz gepreßt, angespannt wartete, bis ich meinen eigenen Atem hörte, entsetzt darüber, daß er so rauh klang und dem Röcheln eines Hundes glich, zersprang mein Herz nicht, und wieder hatte ich vierundzwanzig Stunden gewonnen.

Den ganzen Tag über dann das Gnadengesuch. Ich glaube, dieser Gedanke war mir besonders tröstlich. Ich berechnete meine Aussichten, und ich kam mit meinen Überlegungen zu dem denkbar besten Ergebnis. Ich ging immer vom Schlimmsten aus: mein Gesuch wurde abgelehnt. «Gut, dann muß ich eben sterben.» Früher als andere, gewiß. Aber jeder weiß, daß das Leben nicht lebenswert ist. Im Grunde wußte ich genau, daß es einerlei ist, ob man mit dreißig oder siebzig Jahren stirbt, denn in beiden Fällen werden andere Männer und andere Frauen leben, und zwar Tausende von Jahren hindurch. Nichts war im Grunde klarer als das. Sterben mußte immer ich – jetzt oder in zwanzig Jahren. Etwas verwirrend war für mich in diesem Augenblick das fürchterliche Aufbäumen in mir, wenn ich daran dachte, daß ich noch zwanzig Jahre leben könnte. Aber ich brauchte diesen Gedanken nur mit der Vorstellung zu ersticken, was ich in zwanzig Jahren denken würde, wenn es dann wieder so weit wäre. Da man sterben muß, ist es ganz unwesentlich, wann und wie – das ist klar. Also (und das Schwierige war, nicht aus dem Auge zu verlieren, was dieses «also» an Überlegungen darstellte), also mußte ich mich mit der Ablehnung meines Gesuchs abfinden.

In diesem Augenblick, erst in diesem Augenblick, hatte ich sozusagen das Recht, gab ich mir gleichsam die Erlaubnis, mich mit der zweiten Hypothese zu befassen: ich wäre begnadigt. Das Ärgerliche dabei war, daß ich das Aufwallen meines Blutes und die Erregung meines Körpers, die mir die Augen mit unsinniger Freude füllten, zurückdrängen mußte. Ich mußte mich befleißigen, diesen Aufschrei zu unterdrücken und alles genau zu überlegen. Ich mußte auch bei dieser Hypothese gelassen bleiben, um meine Erregung in die erste plausibler zu machen. Als mir das gelungen war, hatte ich eine Stunde Ruhe verdient. Aber das alles wollte genau überdacht sein.

In einem solchen Augenblick lehnte ich es wieder einmal ab, den Geistlichen zu empfangen. Ich hatte mich hingelegt und ahnte das Heraufkommen des Sommerabends an einer gewissen Verfärbung des Himmels. Ich hatte mein Gnadengesuch gerade abgelehnt und fühlte, wie mich die Wellen meines Blutes regelmäßig durchfluteten. Ich brauchte den Geistlichen nicht. Zum erstenmal sei langer Zeit dachte ich an Maria. Sie schrieb mir schon lange nicht mehr. An diesem Abend dachte ich nach und sagte mir, vielleicht sei sie es leid geworden, die Geliebte eines zum Tode Verurteilten zu sein. Mir kam dann auch der Gedanke, daß sie vielleicht krank oder gar tot sei. Das war doch nicht ausgeschlossen. Wie hätte ich das erfahren sollen, da außerhalb unserer getrennten Körper uns nichts miteinander verband und nichts den einen an den anderen erinnerte. Von diesem Augenblick an wäre mir übrigens die Erinnerung an Maria gleichgültig gewesen. Wenn sie tot war, interessierte sie mich nicht mehr. Ich fand das ganz normal, wie ich es auch durchaus verstand, daß die Leute mich nach meinem Tod vergaßen. Sie hatten nichts mehr mit mir zu tun. Ich konnte nicht einmal sagen, daß das ein bitterer Gedanke war.

Genau in diesem Augenblick betrat der Geistliche meine Zelle. Als ich ihn sah, befiel mich ein leichtes Zittern. Er bemerkte es und sagte, ich brauchte keine Angst zu haben. Ich sagte, er komme doch üblicherweise zu einer anderen Zeit. Er antwortete, es handele sich um einen ganz freundschaftlichen Besuch, der nichts mit meinem Gesuch, über das er nichts wisse, zu tun habe. Er setzte sich auf meine Pritsche und forderte mich auf, neben ihm Platz zu nehmen. Ich lehnte ab. Dabei fand ich ihn ganz nett.

Er blieb eine Weile sitzen, die Unterarme auf den Knien, den Kopf gesenkt, und betrachtete seine Hände. Sie waren zart und muskulös und erinnerten mich an zwei flinke Tiere. Er rieb sie langsam gegeneinander. Dann blieb er, den Kopf immer noch gesenkt, so lange sitzen, daß ich vorübergehend den Eindruck hatte, er hätte mich vergessen.

Aber plötzlich hob er den Kopf und sah mich an. «Warum», sagte er, «wollen Sie meine Besuche nicht?» Ich antwortete, ich glaubte nicht an Gott. Er wollte wissen, ob ich dessen ganz sicher sei, und ich antwortete, ich brauchte mich das nicht zu fragen: ich fände das ganz unwichtig. Da lehnte er sich gegen die Wand, die Hände flach auf die Schenkel gelegt. Er begann zu sprechen, als gälten seine Worte gar nicht mir, und bemerkte, er habe die Beobachtung gemacht, daß man manchmal sicher zu sein glaube, es aber in Wirklichkeit nicht sei. Ich sagte nichts. Er sah mich an und fragte mich: «Was halten Sie davon?» Ich antwortete: das sei schon möglich. Jedenfalls wisse ich vielleicht nicht, was mich wirklich interessiere, ich wisse aber ganz genau, was mich nicht interessiere. Und was er sagte, das gerade interessiere mich nicht.

Er wandte die Augen ab, und ohne seine Stellung zu verändern, fragte er mich, ob ich nicht aus übergroßer Verzweiflung so spreche. Ich erklärte ihm, ich sei nicht verzweifelt. Ich habe nur Angst, und das sei ganz natürlich. «Gott würde Ihnen helfen», bemerkte er. «Alle, die ich in Ihrer Lage gekannt habe, wandten sich ihm wieder zu.» Ich mußte zugeben, das sei ihr gutes Recht. Das beweise auch, daß sie Zeit dazu hatten. Ich aber wolle mir nicht helfen lassen; mir fehle einfach die Zeit, mich für das zu interessieren, was mich nicht interessiere.

Da machten seine Hände eine ärgerliche Bewegung, er richtete sich auf und ordnete die Falten seiner Robe. Als er damit fertig war, wandte er sich wieder mir zu und nannte mich «mein Freund»: wenn er in dieser Weise mit mir spreche, so tue er das nicht, weil ich zum Tode verurteilt sei; seiner Ansicht nach seien wir alle zum Tode verurteilt. Aber ich unterbrach ihn: das sei nicht dasselbe und könne auf keinen Fall ein Trost sein. «Gewiß», gab er zu. «Aber Sie werden später sterben, wenn Sie nicht heute sterben. Dann stehen Sie vor derselben Frage. Wie werden Sie mit der furchtbaren Prüfung fertig werden?» Ich antwortete, ich würde dann mit ihr genausogut fertig, wie ich in diesem Augenblick mit ihr fertig werde.

Bei diesen Worten stand er auf und sah mir in die Augen. Dieses Spiel kannte ich nur zu gut. Ich hatte es oft mit Emmanuel und Céleste probiert, und meistens hatten sie meinen Blick nicht ausgehalten. Auch der Geistliche kannte dieses Spiel – das merkte ich sofort. Sein Blick flakkerte nicht. Auch seine Stimme zitterte nicht, als er zu mir sagte: «Haben Sie denn keine Hoffnung, und leben Sie mit dem Gedanken, daß Sie ganz und gar sterben?» Ich antwortete: «Ja».

Da senkte er den Kopf und setzte sich wieder. Er sagte, er bedauere mich. Seiner Meinung nach könne das ein Mensch unmöglich ertragen. Ich fühlte nur, daß er mich zu langweilen begann. Nun wandte ich mich unter die Luke. Mit der Schulter lehnte ich mich an die Wand. Ohne weiter darauf zu achten, hörte ich, daß er mir wieder Fragen stellte. Er sprach mit unruhiger, eindringlicher Stimme. Ich merkte, daß er erregt war, und hörte ihm aufmerksamer zu.

Er sprach von seiner Gewißheit, daß meinem Gesuch stattgegeben werde, aber ich trüge die Last meiner Sünde, von der ich mich befreien müßte. Seiner Ansicht nach sei die Gerechtigkeit der Menschen nichts, aber die Gottes alles. Ich bemerkte, erstere habe mich verurteilt. Er gab mir zur Antwort, damit habe sie mich noch nicht von meiner Sünde reingewaschen. Ich sagte ihm, ich wisse nicht, was Sünde sei. Man habe mich nur gelehrt, daß ich schuldig sei. Ich sei schuldig, ich zahle dafür; mehr könne man nicht von mir verlangen. In diesem Augenblick stand er wieder auf, und ich dachte: wenn er sich in dieser engen Zelle bewegen wollte, blieb ihm nichts anderes übrig, als sich zu setzen oder aufzustehen.

Ich hatte die Augen starr auf den Boden gerichtet. Er machte einen Schritt auf mich zu und blieb stehen, als wagte er mir nicht näher zu kommen. Er betrachtete den Himmel durch die Gitterstäbe. «Sie irren sich, mein Sohn», sagte er. «Man könnte mehr von Ihnen verlangen. Vielleicht tut man das auch.» — «Und das wäre?» — «Man könnte von Ihnen verlangen, daß Sie erkennen.» — «Was erkennen?»

Der Priester sah sich um und antwortete mit einer Stimme, die plötzlich sehr müde wirkte: «Aus all diesen Steinen tropft der Schmerz, das weiß ich. Ich habe sie nie ohne Angst betrachtet. Aber in der Tiefe des Herzens weiß ich, daß die Elendsten von euch aus ihrem Dunkel ein göttliches Gesicht haben aufleuchten sehen. Und dieses Gesicht sollen Sie erkennen.»

Ich wurde etwas lebhafter. Ich sagte, ich hätte diese Mauern schon wochenlang angestarrt. Nichts und niemanden auf der Welt kenne ich besser als sie. Vielleicht hätte ich — aber das sei schon lange her — hier ein Gesicht gesucht. Aber dieses Gesicht habe die Farbe der Sonne und die Flamme des Begehrens: es sei das Gesicht Marias. Ich hätte es vergeblich gesucht. Nun sei es vorbei. Jedenfalls hätte ich aus diesem steinernen Schweiß nichts aufleuchten sehen.

Der Geistliche betrachtete mich mit einer Art Traurigkeit. Ich lehnte jetzt völlig an der Wand, und das Licht floß mir über die Stirn. Er sagte ein paar Worte, die ich nicht hörte, und fragte mich hastig, ob er mich umarmen dürfe. «Nein», antwortete ich. Er drehte sich um und ging auf die Wand zu, über die er langsam mit der Hand strich: «Lieben Sie diese Welt denn so sehr?» fragte er leise. Ich gab ihm keine Antwort.

Er blieb ziemlich lange abgewandt. Seine Gegenwart bedrückte und reizte mich. Ich wollte ihm gerade sagen, er möge doch gehen und mich in Ruhe lassen, da wandte er sich mir plötzlich zu und schrie förmlich: «Nein, das glaube ich Ihnen nicht. Ich bin sicher, daß auch Sie sich ein anderes Leben wünschen.» Natürlich, antwortete ich, aber das sei genauso unwichtig wie der Wunsch nach Reichtum, wie der Wunsch, sehr schnell schwimmen zu können oder einen schöneren Mund zu haben. Das liege auf der gleichen Linie. Aber er unterbrach mich und wollte wissen, wie ich dieses andere Leben sähe. Da brüllte ich ihn an: «Ein Leben, in dem ich mich an dieses erinnern kann.» Und ich fügte gleich hinzu, nun hätte ich genug. Er wollte lieber von Gott sprechen, aber ich ging auf ihn zu und versuchte, ihm ein letztes Mal klarzumachen, daß ich nur noch wenig Zeit hätte. Die wollte ich nicht mit Gott vertrödeln. Er versuchte, von etwas anderem zu sprechen, und fragte mich, warum ich ihn mit «Herr» und nicht mit «Vater» anredete. Da wurde ich wütend und antwortete ihm: er sei nicht mein Vater, er stehe auf der Seite der anderen.

«Nein, mein Sohn», erwiderte er und legte mir die Hand auf die Schulter. «Ich stehe auf Ihrer Seite. Aber das können Sie nicht wissen, denn Ihr Herz ist blind. Ich werde für Sie beten.»

Da platzte etwas in mir – ich weiß nicht, warum. Ich fing an zu toben und beschimpfte ihn und sagte, er solle nicht beten. Ich hatte ihn beim Kragen seiner Soutane gepackt. Was ich auf dem Herzen hatte, goß ich freudig und zornig über ihn aus. Er sehe so sicher aus, nicht wahr? Und doch sei keine seiner Gewißheiten ein Frauenhaar wert. Er sei nicht einmal seines Lebens gewiß, denn er lebe wie ein Toter. Es sehe so aus, als stünde ich mit leeren Händen da. Aber ich sei meiner sicher, sei aller Dinge sicher, sicherer als er, sicher meines Lebens und meines Todes, der mich erwarte. Ja, nur das hätte ich. Aber ich besäße wenigstens diese Wahrheit, wie sie mich besäße. Ich hätte recht gehabt, hätte noch recht und immer wieder recht. Ich hätte so gelebt und hätte auch anders leben können. Ich hätte das eine getan und das andere nicht. Und weiter? Es war, als hätte ich die ganze Zeit über auf diese Minute und auf dieses kleine Morgenrot gewartet, in dem ich gerechtfertigt würde. Nichts, gar nichts sei wichtig, und ich wisse auch warum. Und er wisse ebenfalls warum. Während dieses ganzen absurden Lebens, das ich geführt habe, wehe mich aus der Tiefe meiner Zukunft ein dunkler Atem an, durch die Jahre hindurch, die noch nicht gekommen seien, und dieser Atem mache auf seinem Weg alles gleich, was man mir in den auch nicht wirklicheren Jahren, die ich lebte, vorgeschlagen habe. Was schere mich der Tod der anderen, was die Liebe einer Mutter. Was schere mich Gott, was das

Leben, das man sich wählt, das Geschick, das man sich aussucht, da ein einziges Geschick mich aussuchen mußte und mit mir Milliarden von Bevorzugten, die sich wie er meine Brüder nannten! Verstand er das? Jeder sei bevorzugt. Es gebe nur Bevorzugte. Auch die anderen werde man eines Tages verurteilen. Auch ihn werde man verurteilen. Was läge daran, wenn er, des Mordes angeklagt, hingerichtet würde, weil er beim Begräbnis seiner Mutter nicht geweint habe? Salamanos Hund sei genausoviel wert wie seine Frau. Die kleine alte Frau sei ebenso schuldig wie die Pariserin, die Masson geheiratet hatte, oder wie Maria, die von mir geheiratet werden wollte. Was bedeutete es, daß Raymond, genau wie Céleste, der wertvoller war als er, mein Freund war? Was bedeutete es, daß Maria heute ihren Mund einem anderen Meursault bot? Verstand das dieser Verurteilte – und daß aus der Tiefe meiner Zukunft... Ich erstickte, als ich das alles hinausschrie. Aber da riß man mir schon den Geistlichen aus den Händen, und die Wärter bedrohten mich. Er beruhigte sie und sah mich eine Weile schweigend an. Er hatte Tränen in den Augen. Er drehte sich um und verschwand.

Als er gegangen war, fand ich meine Ruhe wieder. Ich war erschöpft und warf mich auf meine Pritsche. Ich glaube, ich habe geschlafen, denn als ich wach wurde, schienen mir die Sterne ins Gesicht. Die Geräusche der Landschaft stiegen zu mir auf. Düfte aus Nacht, Erde und Salz kühlten meine Schläfen. Wie eine Flut drang der wunderbare Friede dieses schlafenden Sommers in mich ein. In diesem Augenblick und an der Grenze der Nacht heulten Sirenen. Sie kündeten den Aufbruch in eine Welt an, die mir nun für immer gleichgültig war. Zum erstenmal seit langer Zeit dachte ich an Mama. Jetzt begriff ich auch, warum sie am Ende eines Lebens einen «Bräutigam» genommen, warum sie wieder «Anfang» gespielt hatte. Auch dort drüben, dort im Altersheim, in dem die Leben erloschen, war der Abend wie ein melancholischer Waffenstillstand. Dem Tod so nahe, hatte Mama sich gewiß wie befreit gefühlt und bereit, alles noch einmal zu erleben. Niemand, niemand hatte das Recht, sie zu beweinen. Und auch ich fühlte mich bereit, alles noch einmal zu erleben. Als hätte dieser große Zorn mich von allem Übel gereinigt und mir alle Hoffnung genommen, wurde ich angesichts dieser Nacht voller Zeichen und Sterne zum erstenmal empfänglich für die zärtliche Gleichgültigkeit der Welt. Als ich empfand, wie ähnlich sie mir war, wie brüderlich, da fühlte ich, daß ich glücklich gewesen war und immer noch glücklich bin. Damit sich alles erfüllt, damit ich mich weniger allein fühle, brauche ich nur noch eines zu wünschen: am Tag meiner Hinrichtung viele Zuschauer, die mich mit Schreien des Hasses empfangen.

Albert Camus

Reisetagebücher
Deutsch von Guido G. Meister
125 Seiten. Gebunden

Dramen
Deutsch von Guido G. Meister
346 Seiten. Sonderausgabe. Gebunden

Jonas oder Der Künstler bei der Arbeit. Gesammelte Erzählungen
Deutsch von Guido G. Meister
251 Seiten. Sonderausgabe. Gebunden

Der Fall
128 Seiten. Sonderausgabe. Gebunden

Fragen der Zeit
Deutsch von Guido G. Meister
223 Seiten. Sonderausgabe. Gebunden

Der glückliche Tod
Roman. Cahiers Albert Camus I.
Mit Anmerkungen von Jean Sarocchi.
Deutsch von Eva Rechel-Mertens.
Nachwort und Anmerkungen wurden von
Gertrude Harlass übersetzt
192 Seiten. Sonderausgabe. Gebunden

Unter dem Zeichen der Freiheit
Camus-Lesebuch.
Herausgegeben von Horst Wernicke
256 Seiten. Gebunden

C 18/34 a

Die Erzählerbibliothek

Henry Miller
Der Engel ist mein Wasserzeichen
Sämtlicher Erzählungen
Deutsch von Kurt Wagenseil und
Herbert Zand
352 Seiten. Gebunden

Robert Musil
**Frühe Prosa aus dem Nachlaß
zu Lebzeiten**
384 Seiten. Gebunden

Vladimir Nabokov
Der schwere Racuh
Gesammelte Erzählungen
Herausgegeben und mit einem Nachwort
von Dieter E. Zimmer
Deutsch von Wassili Berger, René
Drommert, Renate Gerhardt u.a.
352 Seiten. Gebunden

Jean-Paul Sartre
Die Kindheit eines Chefs
Gesammelte Erzählungen
Deutsch von Uli Aumüller
256 Seiten. Gebunden

John Updike
Werben um die eigene Frau
Gesammelte Erzählungen
Deutsch von Maria Carlsson, Susanna
Rademacher und Hermann Stiehl
320 Seiten. Gebunden

C 2329/2 a